To:
From:

# THE DAYDREAMER

# 梦想家彼得

[英]伊恩·麦克尤恩 Ian McEwan 著

孙仲旭 译

上海译文出版社

伊恩·麦克尤恩

（Ian McEwan 1948- ）

# 作者介绍

伊恩·麦克尤恩是英国当代著名作家，1976年以处女作短篇小说集《最初的爱情，最后的仪式》成名，并获当年毛姆奖。此后佳作不断，迄今已出版十几部既畅销又获好评的小说，其中《阿姆斯特丹》获布克奖，《时间中的孩子》获惠特布莱德奖，《赎罪》获全美书评人协会奖。近年来，随着麦克尤恩在主流文学圈获得越来越高的评价，在图书市场上创造越来越可观的销售纪录，他已经被公认为英国的"国民作家"，他的名字已经成为当今英语文坛"奇迹"的同义词。

《梦想家彼得》是麦克尤恩写给孩子的第一本书，讲的是一个十岁男孩彼得所做的白日梦。在英美两国，《梦想家彼得》都是以带插图的童书形式出版，而在许多别的国家，是以较为严肃的供成年人阅读的形式出版。正如作者本人在序言中所说，我们之所以喜欢儿童书，是因为我们的孩子读这些书时的快乐，这跟文学关系少一点，而跟爱关系多一点。麦克尤恩在写作及为他的孩子大声朗读《梦想家彼得》时，开始觉得忘了伟大的儿童文学传统，为成年人写本关于儿童的书，用的是儿童也能理解的语言，这样也许更好。他希望它的主题——想象力本身——对那些拿起一本书的人来说，都有所参与。

本书插画出自两位插画师之手：其中之一是安东尼·布朗（Anthony Browne 1946- ），2000年国际安徒生大奖得主，被英国《卫报》誉为"天才"的超现实画家；另一位是旅美中国自由插画师嘉树，曾荣获2014年度AOI世界插画新星奖，作品多次入选插画设计年鉴Society of Illustrators、American Illustration等。两位插画师对彼得的七个"白日梦"的诠释，相信会带给小读者和大读者全然不同的奇妙感受。

献给波莉、艾丽斯威廉和格雷戈里，谢谢

——作者

# CONTENTS

# 目录

我是想讲讲身体
变为别种形状的事。

奥维德：《变形记》第一卷

# 序

《梦想家彼得》的每一章写完后，我都会大声读给我的孩子们听，这样做说起来很简单：他们听到了我们所称的“彼得故事”的最新一段，我则得到一些编辑方面的有用评论。反过来，这种愉快的、几乎是仪式般的交流也影响了写作本身，也就是我变得比通常更注意大人讲述每个句子的声音，这个大人并不是或者并不简单地说就是我。我独自在书房里，代表这个想象出来的大人向一个想象出来的孩子（不一定就是我的，或者说，不仅仅是我的哪个孩子）大声朗读。听和讲，我在这两方面都想取悦他们。

我以前觉得我本能地了解儿童的需要：最重要的，是得有个好故事，一个能让人产生共鸣的主人公，有坏蛋可以，但并非始终都有，因为写坏蛋太简单化了；开头明晰，中间有曲折，结尾叫人满意，但并不是每次都皆大欢喜。我们都喜欢睡前故事这一概念——嘴里刚刚带上薄荷味的气息，充满信任的大眼睛，给干净被褥加温的热水瓶，静静的彩虹——谁不愿意在自己的墓碑上刻下这样一幕？但是成年人真的喜欢儿童文学吗？我一直认为这种热情有点过于渲染了，甚至是太急切了。“《燕子和鹦鹉》？比阿特丽克斯·波特[1]？这些书棒极了！”我们真

① 比阿特丽克斯·波特（1866—1943），英国儿童文学作家、画家。

的这样想吗？真的仍然喜欢读，还是我们在为失去的、几乎忘掉了的自己说话，并为了那个自己而留着这些话？上一次你独自缩着身子拿了本《瑞士家庭罗宾逊》看，究竟是什么时候的事了？

我们之所以喜欢童书，是因为我们的孩子读这些书时的快乐，这跟文学关系少一点，而跟爱关系多一点。在写作和大声朗读《梦想家彼得》的初期，我开始觉得这样做也许更好：忘了我们伟大的儿童文学传统，为成年人写本关于儿童的书，用的是儿童也能理解的语言。在有了海明威和卡尔维诺的世纪，简单的文字未必会让深层次的读者望而却步。我希望它的主题——想象力本身——对那些拿起一本书的人来说，都有所参与。与此类似，在所有文学作品中，都存在变形这个主题，几乎成了种执迷。在英美两国，《梦想家彼得》是以带插图的童书形式出版，而在许多别的国家，是以较为严肃的供成年人阅读的书本形式出版。以前有过一种传统，作者把自己的书献给命运，很像父母送一个孩子踏入世界：“去吧，小书……”到头来，这一本很可能会寄身于儿童藏书处的一个角落安静度日，要么湮没无闻，但是就目前来说，我仍然希望它也许能给每个地方的人都带来愉悦。

伊恩·麦克尤恩

1995

彼得其人

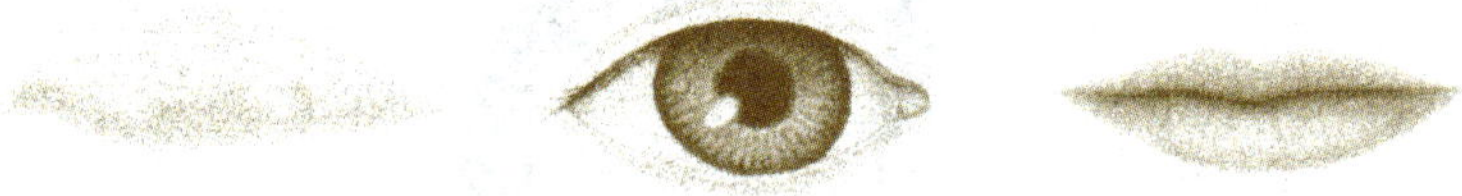

彼得·福琼十岁时，大人们有时候会跟他说，他是个“麻烦的”孩子，彼得一直不明白他们是什么意思，他根本没觉得有什么麻烦。他又没有把牛奶瓶往院墙上摔，或者把番茄酱往头上抹装作流血，或者用剑砍奶奶的脚踝，尽管有时候他想过做这些事。除了所有蔬菜（不包括土豆）、鱼、鸡蛋和干酪，没有什么他不吃的。和他认识的不管是谁比起来，他并没有更爱吵闹、更脏或者更笨。他的名字好读好拼，他脸色苍白，长雀斑，很容易记住他那张脸。他跟所有别的孩子一样，天天去上学，也从来没有觉得这有什么了不起。他只是对妹妹很差劲，妹妹对他也是彼此彼此。警察从来没敲过他家的门，想把他抓走。穿着白大褂的医生从来没有提出要把他带走关进疯人院。就彼得来说，他真的挺省事。他有什么难搞的呢?

直到彼得自己长大成人后好多年，才终于明白过来。他们觉得他难搞，因为他很是寡言少语，那样子好像让别人不放心。还有个问题，是他喜欢一个人待着，当然不是一直这样，甚至也不是每天，可是多数时候，他喜欢去睡房或者公园里待一个小时。他喜欢自个儿待着，想事情。

对了，大人们爱觉得他们知道一个十岁孩子的脑袋里在想什么，其实如果不告诉别人，就不可能知道谁在想什么。夏天时的下午，人们会看到彼得仰面躺着，嘴里嚼着一根草，盯着天空看。“彼得，彼得！你在想什么？”他们喊他，彼得会一惊之下坐起来。“哦，没什么，什么也没有。”大人们知道他那颗脑袋里在想东西，可是他们听不到，看不到，也感觉不到。他们没法让彼得停下来，因为他们不知道他脑袋里在琢磨什么。他有可能在放火烧学校，或者把妹妹喂给鳄鱼吃，然后乘热气球逃跑，可是他们看到的，只是个一眼不眨盯着天空看的男孩，一个你喊他名字，他也听不到的男孩。

至于让他一个人待着，大人们也不是很喜欢那样，他们甚至不喜欢让别的大人一个人待着。你加入他们的话，他们就能看出你在干吗，他们干吗，你也干吗。你不加入不行，否则会让大家都扫兴。彼得不这么看。加入这件事本身挺好的，没问题，可是已经是加入得太厉害了。他认为事实上，如果人们在加入和让别人加入这种事情上少花点时间，每天一个人待着花一点点时间想想自己是谁，或者他们有可能是什么人，世界将会是个更快乐的地方，也许永远不会再有战争。

在学校里，他经常让自己的身体坐在课桌前，心思则漫游起来。甚至在家里，他做白日梦有时也会给自己惹上麻烦。有一年的圣诞节，他爸爸托马斯·福琼正在客厅里布置装饰物，他不喜欢干这活，这些活总是会让他心情不好。他已经想好要用胶布把几面小旗子粘到一个墙角处。那个墙角有把扶手椅，在椅子上坐着、没有专门干什么的，就是彼得。

“别动，彼特[①]。”托马斯·福琼说，“我要踩到你这张椅子的靠背上，好让我够上去。”

“行，”彼得说，“你上吧。”

托马斯·福琼就踩上那张椅子，而彼得又在走神。看上去他什么也没干，实际上忙得很呢。他正在设计一个激

① 彼特为彼得的昵称。

动人心的快速下山法，使用一个衣架和一根紧紧绑在松树间的绳子。彼得继续考虑这个问题，他爸爸站在扶手椅的靠背上，屏着气伸直胳膊摸向天花板。彼得在琢磨，要想继续往下滑，怎样才能不撞到绑着绳子的树上?

或许是山间的空气让彼得想起来肚子饿了。厨房里有包没打开的巧克力饼干，再不吃挺可惜的。他刚站起来，身后哗啦一声巨响。他转过身，正好看到爸爸头朝下摔到椅子和墙角之间。接着托马斯 · 福琼又出现了，还是先看到他的头，看样子准备把彼得碎尸万段。在客厅那头，彼得的妈妈用手紧紧捂着嘴，好不让自己笑出声。

“噢，对不起，爸爸，”彼得说，“我忘了你还站在上头。”

他过了十岁生日后不久，接受了一项任务，就是带他七岁的妹妹凯特上学。彼得和凯特上的是同一所学校，走

路要十五分钟，要么坐公共汽车，坐得不久。通常是爸爸上班捎他们一段，他们再走路去。不过到现在，父母觉得两个孩子够大的了，可以让他们自己坐车去学校，由彼得负责。

只用坐两站路，可是从父母一再叮咛的样子，别人会以为彼得要带凯特去北极呢。前一天晚上就跟他交代过了，他醒了后，却还得再听一遍。然后在整个早餐时间，他的父母又重复了一遍。两个孩子正要出门时，他们的妈妈维奥拉·福琼又最后重复了一遍。彼得想，大家肯定认为我是个笨蛋，没准我就是。他得一直拉着凯特的手。他们要坐在车的下层，让凯特靠近窗户。他们不能跟疯子或者坏人说话。彼得要跟售票员大声说出他们要下车的站名，也别忘了说“请”。他还得一直看路。

彼得把这些跟妈妈重复了一遍，然后就跟妹妹一起去车站。他们一路手拉着手，事实上彼得不介意这样，因为他喜欢凯特，他只是希望他的朋友都别看到他拉着一个女孩的手。车来了，他们上车坐到了下层。坐在那儿还拉着手挺可笑的，旁边还有几个那所小学的男生，他们就都放开了手。彼得感到自豪，不管去哪儿，他都能照顾妹妹，他是她的靠山。假如只有他们两个人到了一个山口，跟一群饿狼狭路相逢，他完全知道该怎么做。注意别做出突然的举动，他会跟凯特一块挪开，直到他们背靠一块大石头，这样狼就无法包围他们了。

然后他从口袋里掏出两样他记得带上的重要东西——一把猎刀和一盒火柴。他从刀鞘里抽出刀放到草地上，准备好，以防狼群袭击。这些狼饿极了，淌着口水，在高声低声地叫。凯特在抽噎，可是他顾不得安慰她，他知道他得专心于自己要做的事。他脚边就有些干树叶和小树枝，彼得迅速而熟练地把这些拢成一小堆。狼又逼近了，他要把这件事做好。火柴盒里只有一根火柴。他们闻得到狼嘴巴里的气味——极其难闻的腐肉恶臭味。他弯下腰，手遮着擦亮了火柴。一阵风吹来，火苗闪动，可是彼得拿着火柴靠近那堆树叶和小树枝，先是一片树叶着了火，然后又是一片树叶，然后是一根小树枝的一头，很快，那一小堆着起火来。他把更多的树叶、小树枝和大树枝都往上堆。凯特明白过来，在帮他。狼群在往后退。野兽怕火。火苗蹿得更高了，风把烟送进了它们淌着口水的下巴。这时，彼得手握猎刀……

荒唐！他再不注意，这种白日梦会让他错过下车那一站。公共汽车停了下来，他那所学校里的孩子们已经在下车了。彼得一跃而起，勉强在汽车正要再次开动前跳到人行道上。在路上走了五十多码远，他才意识到自己忘了什么。是书包吗？不！是他妹妹！他在狼群面前救了她，却留下她坐在那儿。一时间，他动弹不得。他站在那儿看着公共汽车在街上开走了。“回来，”他喃喃地说，“回来。”

他们学校里的一个男孩过来猛拍了一下他的背。

“嗨，怎么了？见到鬼了？”

彼得的声音好像来自很远的地方。“噢，没什么，没什么，我把东西忘车上了。”说完他开始跑起来。公共汽车已经开走了几百米，开始慢下来准备停靠下一站了。彼得全速跑起来，他快得如果张开胳膊，也许能飞起来，那他就可以掠过树梢……不！他可别又开始做起白日梦了，他要把妹妹领回来。就这会儿，她可能正吓得尖叫呢。

几个乘客下了车，公共汽车又开动了。他这时离那辆车更近，它正跟在一辆卡车后面慢腾腾地开。只要他继续跑，忘了他的双腿和胸口疼得要命，还是能追上的。他跑到跟车站平行的地方时，公共汽车离他不到一百码远。“快点，再快点。”他对自己说。

彼得经过时，有个站在车站雨篷下的小孩喊彼得：“嗨，彼得，彼得！”

彼得没力气扭过头。“没法停。”他喘着气说，继续在跑。

“彼得！停下！是我，凯特！”

彼得紧捂胸口，瘫倒在妹妹脚前的草地上。

“小心狗屎。”凯特看着哥哥拼命喘气，平静地说，“赶紧走吧。我们最好往回走，要不就迟到了。你不想惹上麻烦的话，最好拉着我的手。”

他们就一起走回学校，凯特很大方地答应——条件是彼得的星期六零花钱给她——他们放学回家后，对这件事一字不提。

作为一个爱做白日梦而且说话不多的人，遇到的麻烦在于学校里的老师，特别是那些不是很了解你的，他们大有可能会认为你很笨。不笨的话，就是迟钝。没人能看到你脑袋里发生的五花八门的事情。哪个老师看到彼得瞪着窗户外面，或者瞪着书桌上的一张白纸，也许会以为他感到无聊，或者想不出答案，事实上完全不是这样。

例如，有天上午，彼得班上的同学进行数学测验，他们要把一些很大的数字相加，需在二十分钟内完成。几乎他刚开始计算头一个数——涉及把三百五十万零二百九十五和另外一个几乎同样大的数字相加——彼得就不由自主考虑起世界上最大的数字。之前一个星期，他读到过一个数字的事，它有个很奇妙的名字——“古戈尔”，十后面一百个零。还有个更好的词，真正迷人的——“古戈尔普勒克斯”，一古戈尔普勒克斯是十的古戈尔次方。多了不起的数字啊！

彼得由着自己的心思飘进这个奇妙的数字里面，那一串零像肥皂泡一样，飘上了太空。他爸爸跟他说过，天文学家已经计算出来，他们通过巨型望远镜能看到的几百万颗星星的原子总数，为十后面九十八个零。世界上的全部原子加起来竟然不到一古戈尔，而一古戈尔跟一古戈尔普勒克斯比起来，只是极其微小的一点点。如果你向谁要一古戈尔裹巧克力的太妃糖，全宇宙几乎没有足够的原子来生产这么多太妃糖呢。

彼得用手支着头，叹了口气。就在这时，老师拍拍手，二十分钟时间到。彼得所做的，只是写下了第一个和的头一个数字，别人全做完了。老师早就看到彼得在盯着他那张纸，什么也没写，在叹气。

此后不久，他被分到跟一群孩子一组，这些孩子就连把四和六这种小数字相加都特别困难。不久，彼得感到无聊，发现越发难以集中思想。老师们开始认为即使在这个特殊小组里，他的数学也太差了。他们该拿他怎么办?

当然，彼得的父母和他的妹妹凯特知道彼得不笨、不懒，也没有觉得无聊，学校里也有几位老师开始意识到他的脑子里在想着各种各样有趣的事。随着自己年龄渐长，

彼得也意识到既然别人不明白你的脑袋里在想什么，如果你想让他们理解你，最好是告诉他们。所以他开始写下他在盯着窗外或仰面躺着看天空时所经历过的一些事。他长大后，成了一位发明家，还是位作家，生活幸福。在这本书里，你们会读到彼得脑子里有过的几次奇异的冒险，完全照原样记下来。

# 第一章 玩具娃娃

01

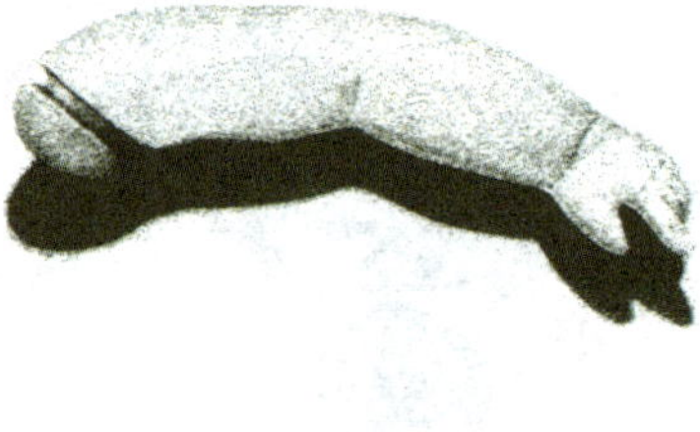

从记事起，彼得就跟妹妹共用一个房间，多数时候他无所谓，凯特还行，会让他笑。还有一些晚上，彼得从噩梦中醒来，挺高兴房间里另外还有一个人，即便那是他七岁的妹妹，在跑进彼得的梦中追赶他的红皮肤、身上有黏液的动物面前，一点都不顶事。他醒来时，那些怪物就溜到窗帘后面，或者钻进衣橱。因为凯特在房间里，让他在下床并全速冲过楼梯平台时，就是有那么一点点容易了。

可是也有些时候，他的确不乐意共用一个房间，凯特也是。有过一些漫长的下午，他们互相惹得不高兴。小吵变成大吵，大吵变成打架，真的是拳头打、指甲抓、扯头发那样的打架。因为彼得大三岁，大打出手时，他估计自己会打赢。从某种意义上说，他确实能打赢，他可以一直拿得准先哭的会是凯特。

但是那真的能称得上打赢吗？凯特会憋住气用力，让她的脸变成熟透的李子那种颜色。然后，她只用跑下楼给妈妈看“彼得干的好事”。要么她可能躺在地上，喉咙格格作响，让彼得以为她快死了，他就得跑下楼叫妈妈。凯特也会尖叫，有一次，她正大肆制造噪音时，有辆经过这幢房子的小汽车停了下来，一个忧心忡忡的人下了车，抬头盯着睡房的窗户看。彼得当时正好往外看，那人跑过院子重重地敲门，他很肯定里面正在发生可怕的事。的确是，彼得借了凯特的什么东西，她想要回去。马上！

这种时候，惹上麻烦的会是彼得，最后占上风的还是凯特，彼得是这样看的。他生凯特气时，揍她之前就得仔细想好。经常，他们划一条想象的线，从门开始，把他们的睡房一分两半，这样他们就相安无事。凯特在那边，彼得在这边。这一边，是彼得的绘图桌，他的一个软体玩具——一只弯脖子的长颈鹿，化学、电动和印字的用具——这些从来没有盒盖上保证的那样好玩，还有铁皮箱，他的秘密全藏在里面，凯特总是想把它打开。

那边是凯特的绘图桌，她的望远镜、显微镜和磁铁用具——那些的确跟盖子上的图片保证的一样好玩，在她那一半房间里，别的地方全是玩具娃娃，它们一溜坐在窗台上，腿随随便便吊在那儿，它们悬悬乎乎地搁在她的衣柜上，躺卧在衣柜镜子上方，坐在一辆玩具婴儿车上，挤得像坐地铁上下班的人，受宠的那些比较凑近她的床边。它们颜色各种各样，从锃亮的黑鞋油颜色到煞白，不过大多数都是鲜艳的粉红色。有些没穿没戴的，有些只穿戴一件：一只袜子，一件T恤衫或者一顶无边帽。有几个打扮得齐齐整整，穿着有饰带的舞会晚礼服、带蕾丝边的上衣、有拖尾丝带的长裙。它们个个都很不一样，可是都有一个共同点：它们都同样睁大眼睛、不眨眼地怒目而视。按说都是婴儿，可是眼神让它们漏了馅，婴儿从来不会那样看人。彼得在经过那些玩具娃娃时，感觉它们在看他。他走出房间后，怀疑它们在议论他，六十个都在。

不过，它们从来没有伤害过彼得，只有一个他很讨厌：坏娃娃，就连凯特也不喜欢。她害怕它，怕得不敢把它扔掉，以防它会半夜回来报复。你扫一眼就会知道它是个坏娃娃。它那种粉红色，从来不会有哪个人长成那样。很久以前，它的左腿和右胳膊被连根扯掉了，从它坑坑洼洼的颅骨顶上，长出了一束茂密的黑头发。它的制作者想给它一个甜甜的微笑，可是肯定是模具哪儿出毛病了，因为那个坏娃娃总是嘲笑地噘着嘴，皱着眉头，好像在努力琢磨世界上最卑鄙的事。

所有这些玩具娃娃中，只有坏娃娃既不是男的，也不是女的，坏娃娃只不过是“它”。它没穿戴什么，坐得离凯特的床尽可能远，在一个书架上，它从那儿居高临下地看着其他玩具娃娃。凯特有时把它拿到手里，想喃喃地说话来哄它，可是从来都是没过多久，她打个激灵，赶紧把它放回原处。

他们记得的时候，那条无形的线效果挺好。他们要去到对方那一半时，得先申请。凯特不能去偷看彼得的秘密箱子，未经请求，彼得也不能动凯特的显微镜。这样安排挺好的，直到一个下雨的星期天下午，他们吵了起来，是最厉害的那种，关于那条线究竟应该划在哪儿，彼得很肯定这条线离他的床更远一点。这一次，凯特不需要把脸憋

成紫色或者装死或者尖叫，她用坏娃娃打了彼得的鼻子一下，拎着娃娃一条粉红色的胖腿抡向彼得的脸。结果是彼得一边哭一边跑下楼。他的鼻子并不是很疼，可是在流血，他想好好利用这次机会。他赶着下楼时，用手背把血抹了个满脸花。等进了厨房，他扑通一下倒在妈妈面前的地板上，又是号啕大哭，又是呻吟，又是身子乱扭。果不其然，凯特有麻烦了，麻烦大了。

就是这次打架，让他们的父母决定该让彼得和凯特各住各的房间了。彼得十岁生日后不久，他爸爸把一个被称为“盒子间”——即使里面根本没放盒子，只有旧画框和破损的扶手椅——的房间清理出来。彼得帮助妈妈把房间收拾了一下，他们挂上窗帘，把一张有铜质圆头的大铁床挤着搬了进来。

凯特开心得也帮忙和彼得一起把他的东西搬过楼梯平台。不再打架了，她也不用再听哥哥睡觉时发出的难听的咯咯响的尖锐噪音。彼得也唱歌唱得不住口。现在他有了个可以去的地方，嗯，只是待着。那天晚上，他专门提前半小时上床，只是为了享受一下自己的地方，自己的东西，房间中央也没有想象的一道线。他在半明半暗中躺在那儿时，想着那个可恶的怪物——坏娃娃——到底还是有点好处嘛，这样挺好。

就这样过了一个又一个月，彼得和凯特对他们自己的房间住得习惯了，也没再多想。有趣的日子来了又去——彼得的生日，放烟花的晚上，圣诞节，凯特的生日，然后是复活节。那是在复活节家庭寻蛋活动后的两天，彼得在他的房间里，在床上，正要吃掉他的最后一只复活节蛋[①]。这个最大、最重，所以留到最后才吃。他剥开银蓝两色的箔纸，它几乎有橄榄球那么大。他用两只手捧着，盯着它

① 从后文看，这种复活节蛋是巧克力空心蛋。

看。然后他把蛋拿近，用拇指抠进了蛋壳。从黑色中空里面，弥漫出一股黄油般浓浓的可可香味，他多么喜欢啊。他把蛋凑近鼻子吸着气，然后开始吃了。

外面在下雨，假期还有一个星期。凯特去了朋友家，除了吃东西，就没别的事情可做。二十分钟后，那只蛋就只剩下包装纸了。彼得站了起来，轻轻晃动着身子。他感到恶心和无聊，在一个雨天的下午，同时有这两种感觉可真是绝了。多奇怪啊，拥有自己的房间不再令人兴奋。“吃巧克力吃恶心了，”他一边往门口走一边说，“住够了我的房间！”

他站在楼梯平台处，想着他是不是要呕吐。可他没去厕所，而是走向凯特的房间并进去了。当然，他以前也回来过几百次，但从来不是一个人。他站在房间中央，跟以前一样，玩具娃娃都在看他。他感觉怪怪的，看上去一切都变了样。这个房间大一点了，另外他以前也从未注意到地板是倾斜的。目光呆滞地盯着他看的玩具娃娃像是比以前更多了，在他走向坡势低的那边，到了他以前那张床时，觉得自己听到有响动，可是等他转过身，一切都静止不动。

他坐在床上，回想以前他睡在这儿时的日子。当时他还只是个小孩。九岁！懂什么呢？要是他十岁的自己能回去跟那个无知的笨蛋讲讲什么是什么，那该有多好啊。你长到十岁，开始能看到全貌了，看到事情是怎样联系着的，有什么原理……全景……

彼得专心回想半年前那个年龄更小的无知的自己，以至于没注意到有个身影从地毯那边向他走来。等注意到时，他惊叫一声，马上爬上床，耸起膝盖。动作虽然不灵便，却又坚定地向他走来的，是那个坏娃娃。它从凯特的书桌上拿了支画笔当拐杖。它一瘸一拐地走过房间，恼火地喘着气，一边嘴里还在嘟囔着脏话，就算是玩具娃娃，也不应该那样说话。它到了床柱前停下来好喘口气。彼得惊讶地注意到，它的额头和上嘴唇上出了好多汗。坏娃娃把画笔靠着床，用它仅有的前臂抹了把脸。然后，这个坏娃娃很快地扫了一眼彼得，深吸一口气，一把抓过拐杖，开始往床上爬。

只用一条胳膊一条腿，来爬三倍于你的高度，这需要耐心和力量，坏娃娃在这两方面都很欠缺。当它吊在床柱的一半高度，一边在寻找可以用拐杖撑的地方时，它粉红色的小小身子因为用力而哆嗦，喘气和咕哝声更大了，而且更让人觉得可怜。先是它的脑袋——上面比刚才出的汗更多——慢慢上来，进入彼得的视线。彼得本来可以很容易伸手过去把这玩意儿拎到床上，也同样很容易就能把它打下床。但是他什么也没做。这真是太有意思了，他想看看会怎么样。坏娃娃一点一点往上爬，嘴里还在大声说着“噢，真他妈的”、“该死，再咬咬牙”和“混账王八蛋”。彼得开始意识到房间里每个玩具娃娃都在扭头看他，纯蓝色眼睛比以前瞪得更大，一阵轻柔的咝咝作响的窃窃私语声传来，像是石头上的流水，这种声音变成嘟嘟囔囔，接着一阵激动的急流在六十个观众中掠过。

“他动手了！”彼得听到有一个大声说。

另一个回答道：“现在我们有好戏看了！”

又有一个大声说：“该公平，就公平！”至少有二十个玩具娃娃也呐喊着表示赞同。

“对啊！”

“没错！”

“说得好！”

坏娃娃把胳膊搭到床上，扔掉了拐杖。这时，它在抓着床单想把自己的身子拉上来。就在它这样做时，房间的另一边响起一阵高亢的欢呼声。突然那些玩具娃娃，所有玩具娃娃都在向床的方向前进。从窗台上和镜子上方，从凯特的床上和玩具婴儿车上，它们又蹦又跳、跌跌撞撞地从地毯那边拥过来。穿着长衣服的玩具娃娃绊来倒去时就尖声叫喊，没穿没戴的或者穿了一只袜子的玩具娃娃则走得轻松之极。它们过来了，这是一道褐色、粉红、黑、白几种颜色的波浪，用模具所做的每个噘起的嘴巴里，都在喊着：“该公平，就公平！该公平，就公平！”每双目光呆滞的圆睁着的大眼睛里都是怒火，彼得以前就一直怀疑漂亮的婴儿蓝背后隐藏的是怒火。

坏娃娃已经挣扎着上了床，当时正站在那儿，累坏了，但是自豪，在向下面聚集的那群玩具娃娃挥手。玩具娃娃紧紧挤在一起，高喊着表示支持，并向它们的领袖举起胖乎乎的、有小坑的胳膊。

“该公平，就公平！”一再重复的喊叫声又响起来。

彼得早就挪到了床的远端。他背靠着墙，胳膊抱着膝头。真是不得了，他妈妈肯定能在楼下听到这番闹腾，会上来叫他安静点。

坏娃娃需要喘上气来，所以由着它们一遍又一遍地喊。后来，它拿起那根画笔拐杖，一大群玩具娃娃突然静下来。

这个瘸腿的玩具娃娃向支持者眨了下眼睛，单脚跳了一两步逼近彼得说：“搬过去挺不错嘛，对吧？”它说得很有礼貌，但是那群玩具娃娃中传来一阵窃笑，彼得知道是在耍他。

“我不清楚你是什么意思。”他说。

坏娃娃转向那一群玩具娃娃，把彼得的声音模仿得很像：“他不清楚我是什么意思。”它又转向彼得，“我是说，你的新房间挺舒服的，对吧？”

“噢，那个呀，”彼得说，“对，我的房间很棒。”

地毯上有几个玩具娃娃抓住了这个词，重复了一遍又一遍：“很棒……很棒……很棒……”直到它开始听着的确像是个很傻的词，彼得后悔自己用了那个词。

坏娃娃耐心地等着，等到都安静下来后，它问道：“就好像你有了自己的房间，是吗？”

“是啊。”彼得回答道。

“就好像有了一个都是你自个儿的房间？”

“对，我刚刚跟你说过，我喜欢。”彼得说。

坏娃娃跛着脚又逼近一步，彼得感觉它要摊牌了，它提高了声音：“你有没有考虑过，别人也可能想要那个房间？”

“这话说得没道理，”彼得说，“妈妈和爸爸共用一个房间，只剩下凯特跟我……”

他的声音淹没在那群玩具娃娃所发出的反对声浪中。坏娃娃把拐杖举到空中要大家安静，同时它努力用一条腿平衡住身体。

“只有你们两个，是吗？”它说，一边向那群玩具娃娃点着头。

彼得笑了一声，他想不出该怎么说。

坏娃娃又逼近了，彼得伸手就可以碰到它，他肯定它呼出的气息里有巧克力味。

“你难道不觉得，”它说，“该轮到别人住那个房间了？”

“没道理，”彼得张口说，“你们只不过是玩具娃娃……”

再没有别的话更能激怒坏娃娃了。“你已经看到我们是怎样生活的，”它尖叫着说，“我们六十个挤在房间里的一个角落，你路过我们上千次，可是从来没有想到过。我们像垒墙的砖块一样一个摞一个，你有什么所谓。就在眼前的事，你就是看不到。看看我们！没有空间，没有自个儿的空间，甚至我们大多数都没有一张床。现在轮到别人住那个房间了。该公平，就公平！”

那群玩具娃娃中，又爆发出一阵极为嘈杂的嚷叫，一遍一遍的喊叫声再次响起来：“该公平，就公平！该公平，就公平！”一边吼，一边开始用它们的身体当梯子，一个踩着另一个的肩膀往床上一拥而上。不到一分钟，整群玩具娃娃就都喘着气站在彼得面前，坏娃娃早就退到床那头，它在这群玩具娃娃后面挥舞着拐杖喊道：“开始！”

六十双胖乎乎的手抓住了彼得的左腿。

“一二，拉呀！”坏娃娃大声说。

“一二，拉呀！”这一群玩具娃娃回应道。

接着就发生了一件奇怪的事，彼得的腿扯掉了，齐根掉了。他低头看腿原来长的地方，没流血，而是有一条盘着的弹簧从裤子上破的地方伸出来。

有趣，他心想，我根本不会想到……

可是他没多少时间来考虑这多么有趣，因为这时，那些玩具娃娃抓住他的右胳膊在“一二，拉呀”地扯，他的胳膊也掉了，从他肩膀处探出来的，是另外一根小弹簧。

“嗨！”彼得喊道，“还给我。”

但是没用。那条胳膊和腿在那群玩具娃娃的头顶传递，往后传到了坏娃娃手里，它接过那条腿安上了，严丝合缝。

这会儿它正在安胳膊，也很合适。

奇怪，彼得想道，我敢肯定我的胳膊和腿准会太大了。

他正这样想着，那些玩具娃娃再次向他发起了攻击。这一次，它们爬到他的胸口上，揪头发，扯衣服。

“下去。”彼得喊道，“噢！疼！”

这些玩具娃娃一边笑，一边几乎把他的头发揪光了，只是在他的头顶中央位置留下了一长缕头发。

坏娃娃把拐杖扔给彼得，原地跳了几下，来试试它的新腿。“该我住那个房间了，”它叫道，“至于彼得，他可以去那边。”它用彼得还认为是他的胳膊指着书架。坏娃娃敏捷地跳到地板上，这群玩具娃娃一拥而上，想抓住彼得把他抬到他的新家。本来会这样结束的，可是就在那时，凯特走进房间。

哎，你得努力想象一下从凯特所站的地方看到了什么。她跟朋友玩耍后回来，走进她的睡房，她哥哥在里边，躺

在那张空床上，在玩她的玩具娃娃，她所有的玩具娃娃，彼得在把它们挪来挪去，为它们配音。唯一一个没在床上的是坏娃娃，它躺在旁边的地毯上。

凯特本来要生气，毕竟这样做是犯规的。未经允许，彼得进了她的房间，而且把她所有的玩具娃娃都拿离了原来特定的位置。但是凯特看到六十个玩具娃娃堆在哥哥身上，反而笑了起来。

彼得一看到凯特，赶紧站起来，脸也红了。

“呃……呃……对不起，”他嘴里咕哝着说，想从凯特旁边挤过去。

“等一下，”凯特说，“把这些全放回去怎么样。它们都有自己的位置，你知道。”

就这样，凯特跟他说它们都应该在哪儿，他把每个玩具娃娃都放回原来的地方，镜子上，衣柜上，窗台上，床上，婴儿车里。

把它们全放回原来的地方，这活似乎永远都干不完。最后一个给放回原处的是那个坏娃娃。彼得把它放到书架上时，分明听到它说：“有一天，我的朋友，这个房间会是我的。”

“哦，该死，再咬咬牙！”彼得悄声跟它说，“混账王八蛋！”

“你说什么？”凯特大声说，可是她哥哥已经走出了房间。

# 第二章　猫

02

彼得早上醒来后，总是闭着眼睛，直到回答了两个简单的问题之后才睁开，这两个问题总是按照同样顺序摆在他面前。第一个问题：我是谁？噢，对，彼得，年龄十岁半。然后，他的眼睛还没睁开，第二个问题又来了：今天星期几？那么，就有这样一项事实，像座大山一样实实在在、不可移动的事实：星期二，还得去上学。然后，他会把毯子拉得盖住头，更深地钻进他自己暖热的地方，让友好的黑暗吞没他。他几乎可以装作自己不存在，但是知道他得强迫自己出来。全世界都认可这天是星期二，地球本身飞驰着经过冷冷的宇宙，一边旋转，一边绕着太阳转，把每个人都带到了星期二，无论彼得、他的父母还是政府，都根本不可能改变这项事实。他得起床，否则会耽误坐车而迟到，惹上麻烦。

真是太残酷了，他要把自己暖和而且犯困的身体拖出被窝，摸索着找衣服，心里也知道再过不到一个小时，他就会哆嗦着到了车站。电视上的天气预报员说过，这是十五年来最冷的冬天。冷，但是不好玩。没下雪，没下霜，甚至没有结冰的水洼可以在上面溜冰。只是寒冷和灰白色，还有刺骨的寒风从窗户上的一道缝吹进彼得的房间。有时候在他看来，他这辈子做过和将要做的事，只是醒来，起床，去上学。想到其他所有人——包括大人——都得在冬天早上天蒙蒙亮就起床。要是他们都赞成停下来该有多好，那么他也可以停下来。可是地球照样转下去，星期一，星期二，星期三，周而复始，每个人都照样得起床。

厨房有点像是从他的床铺到外面广阔世界之间的中途客栈。这里空气滞重，有烤面包片的烟、水壶的水汽和火腿味。本来是全家一起吃早餐，但是他们四个人同时坐下来的机会很少。彼得的父母都要上班，总是有人慌乱地绕着桌子跑，寻找一份不见了的报纸，要么是一本约会记事本，要么是一只鞋子，你只能炉子上有什么就拿什么，并给自己找个地方。

这儿暖和，几乎跟床上一样暖和，可是不如那里平静，耳畔尽是伪装成问话的责备。

谁喂的猫?

你什么时候回来?

那项作业你做完了吗?

谁拿了我的公文包?

随着一分钟一分钟过去，混乱和急切程度又加剧了。家里有条规矩，厨房收拾好大家才能出门。有时候正把煎锅里的东西倒进猫食碗时，你得去抢到一条熏肉，煎锅就嘶嘶响着放进洗餐具的水里。家里四个人前后左右地跑，拿着脏盘子和燕麦片盒，互相撞在一起，总是有人在嘟囔，我要晚了，我要晚了，这个星期第三次了！

然而事实上，家里还有第五位成员从不慌张，对这番忙乱视而不见。他四肢摊开，卧在暖气片上方的一块搁板上，半闭着眼睛，唯一能看出他还活着的，是他偶尔会打个呵欠，那是个侮辱性的大呵欠，嘴巴张得能看到干净的粉红色舌头。到最后他又闭上嘴巴时，舒服地打一个颤，从胡子传到尾巴：猫儿威廉准备开始度过这一天了。

彼得抓过书包，在跑出家门前最后扫一眼时，看到的总是威廉。他头枕在一只爪子上，另一只爪子随意地垂在架子边上，在升腾的热气中一探一探的。现在，滑稽的人类快走了，猫可以打上几个小时的盹。彼得迈出家门，走进寒冷刺骨的北风中时，想到一只打盹的猫，让他感觉很痛苦。

把一只猫当成家里一个真正的成员，你要是感到奇怪，那你应该知道，威廉的岁数比彼得和凯特加起来都大。还是个小猫时，他就认识他们的妈妈了。他跟着她去上了大学，五年后她的婚宴上他也在场。维奥拉·福琼快生第一胎时，有的下午躺在床上，猫儿威廉曾经懒散地卧在她腰部那个又大又圆的隆起上，那就是彼得。生彼得和凯特时，他都是连着失踪了好几天，谁都不知道他去了哪儿，干吗要走。他不出声地观察家庭生活中的一切悲伤和欢乐。他眼看着婴儿变成蹒跚学步的孩子，想提溜着他的耳朵到处走；他还看着蹒跚学步的孩子长成了上学的孩子。那对父母还是狂野的小两口，住一个单间时，他就了解他们。现在他们没那么狂野了，住在他们三居室的房子里。猫儿威廉也没那么狂野了，他不再把老鼠或小鸟带回家放在不知感激的人类面前。他满十四岁后不久，不再打架，也不再自豪地捍卫自己的地盘。邻居有一只年轻的公猫占据了院子，知道老威廉对此完全无能为力，彼得觉得这真是岂有此理。有时，那只公猫从门上的猫洞钻进厨房，吃了威廉的食，而那只老猫则无可奈何地看着。仅仅几年前，没有哪个脑子清醒的猫胆敢往这儿的草坪上踏上一只爪子。

对自己力量不再，威廉肯定也感到难过。他不再跟别的猫在一起，而是独自蹲坐在厨房里，回忆，沉思。尽管他已经十七岁了，但他把自己保持得毛色光滑闪亮、整洁。他几乎全身都是黑色，脚和前胸白得刺眼，尾巴尖上有几个白点。有时候你在坐着时，他会单单过来找你，想了一会儿后，跳上你的膝盖蹲坐在那儿，爪子张开，不眨眼地死死盯着你。接着他有可能耸起头，仍然凝视着你的眼睛，喵了一声，只是喵了一声，你知道他在跟你说一句重要而且有智慧的什么话，只是你永远也不可能明白。

冬日的下午，彼得最喜欢的，莫过于踢掉鞋子，躺在客厅里炉火的前面，在猫儿威廉旁边，把脸贴近猫的脸。从软毛下面一个小小的猫脸那儿，支棱出长长的黑毛，形成一个球体，白色的猫须稍稍往下弯着，眉毛像天线一样伸出，淡绿色的眼睛中间，有道竖直的缝，像是一扇半掩的门，通向一个彼得永远无法进入的世界，彼得看出这真的有多么不同寻常啊，不像人类，却又多么漂亮。他一走近那只猫，深沉的隆隆作响的呼噜声就会响起，如此低沉有力，让地板也为之震动。彼得知道猫是欢迎他的。

就在这样一个傍晚，刚好是星期二四点钟时，天色已在变暗，窗帘拉上了，灯也打开了，彼得舒服地躺到威廉卧着的地毯上，在亮堂堂的炉火前，火苗卷着一根粗大的榆树木头。刺骨的寒风掠过屋顶，呼啸声从烟囱传下来。彼得不得不和凯特一起从车站冲回来，好暖和身子。这时，他跟他的老朋友安全地待在室内，这位老朋友正装作比现在要小，翻过去仰面朝天，前爪无力地动弹着。他想让人挠胸口。彼得开始用手指轻轻地在他的短毛中间搔动时，隆隆的声音更大了，大得让这只老猫的每根骨头都格格作响。这时，威廉把一只爪子伸向彼得的手指，想把手指往高处拉，彼得由着它引导他的手。

“你想让我搔你的下巴？”他低声说。可是不对，这只猫想让他碰到正好是喉咙根部的地方。彼得感觉那里有个硬硬的东西，碰到时，它往这边那边动，有东西埋在毛里。为了看仔细，彼得用肘部撑起身子。他分开软毛，一开始，他还以为看到的是一件饰物，一块小小的银牌子。可是没有链子，他捅捅这样东西，盯着它看，看出根本不是金属，而是块磨得溜光的骨头，椭圆形，中间磨平了，最古怪的是，它贴在猫儿威廉的皮肤上。他用食指和拇指捏着这块骨头，觉得很顺手。他捏紧拉了一下，猫儿的呼噜声更大了。彼得再拉，往下拉，这次，他感到拉动了。

他低头往软毛中间看，一面用指尖分开软毛，他看到这只猫的皮肤上开了个小口子，就好像他手里捏着的是拉链柄。他又拉，这时出现一道两英寸长的黑色开口。猫儿威廉的呼噜声就是从那儿传出来的。彼得想，也许我能看到他的心脏跳动。有只爪子又轻轻地推他手指，猫儿威廉想让他继续。

他也这样做了。他把这只猫从头到尾全拉开了。彼得想把皮肤拨开往里面看，可是他不想显得太好奇。正要大声叫凯特，这时猫的身子里边有动静，从软毛中间的口子里，透出一道粉红色的暗淡光亮，越来越亮。突然，从猫儿威廉里爬出来，嗯，一样东西，一种生物。可是彼得拿不准是不是真的能摸到它，因为它好像完全由光组成。尽管它没有猫须或尾巴，不发出呼噜声，甚至不长毛，也没有四条腿，但是它浑身上下好像都在说“猫”，是这个字最精粹的部分，概念的核心。它由粉红和紫色光安静、优雅、弯曲有致地裹在一起，这时正从猫的身子里爬出来。

“你肯定是威廉的灵魂。”彼得大声说，“要么你是鬼？”

那个光亮没发出声音，但是它听懂了。它好像要说——并非真的吐出话语——灵魂或鬼，都是，而且远不止如此。

完全从猫身子里出来后——猫还仰卧在炉火前面——猫的灵魂飘到空中，浮到彼得的肩膀那里停住了。彼得没有害怕。他感到那个灵魂的光照在他脸上，然后到了他的脑袋后边，看不到了。他感觉它碰了他的脖子一下，一波温暖的震颤感掠过他的背部。猫的灵魂抓住他脊柱最顶处的一个圆形把手之类的东西往下拉，一直顺着他的背部拉下来。他全身都打开后，感觉到屋里的冷空气侵扰了他体内的暖意。

爬出自己的身体，这古怪之极，只是迈步出去，撇下你的身体躺在地毯上，就像刚刚脱下的一件衬衫。彼得看到自己的光亮，是紫色加最纯的白色。两个灵魂悬浮在空中，面对面。这时彼得突然知道他想干吗，他必须要干吗。他飘向猫儿威廉，停在空中。那个躯体还开着口，就像一扇门，看着很诱人，让人很想一试。他降下来，走了进去。把自己装扮成一只猫多棒啊。并不像他原来所想，穿上会嘎吱嘎吱响，而是里面又干又暖。他仰面躺着，把胳膊伸进威廉的前腿，然后扭动着把腿伸进威廉的后腿。他的头在猫头里面严丝合缝。他一眼扫过去，看到自己的身体，刚好看到猫儿威廉的灵魂消失在里面。

彼得用爪子很容易就把自己拉上了，站起来走了几步。用四个软软的白色爪子走路，多过瘾啊。他能看到自己的猫须从脸边支棱开去，也感觉到自己的尾巴在身后卷着。

他脚步走得轻，他的软毛就像最舒服的旧的套头羊毛衫。随着他当猫越当越快活，他心花怒放，喉咙深处，发麻的感觉越来越强烈，他居然能听到自己的声音：彼得在发出呼噜声，他是猫儿彼得，在那边的，是男孩威廉。

那个男孩站起来伸了个懒腰，然后一句话也没跟脚边那只猫说，就快步走出客厅。

“妈，”彼得听到他以前的身体在厨房里叫，“我饿了，晚上吃什么？”

那天晚上，彼得心里太不平静，太激动了，猫性太足，睡不着。快到十点钟时，他从猫洞溜出去。凛烈的夜风刮不透他厚厚的软毛外衣，他无声无息地轻轻走到院墙那儿。墙耸立在他面前，可是他动作优美地轻轻一纵就上去了，他在巡视他的领地，去查看黑暗的角落。感受吹在他的猫须上的夜间空气的每一丝颤动，然后午夜时分，有只狐狸从院子里的小路走来在垃圾桶里翻拣，他自己却是隐身的，这一切感觉多么惬意啊。他察觉到周围有别的猫，有的是本地的，有的从很远的地方来，在忙着干夜里要干的事，赶路。狐狸来过之后，有只小斑猫想进院子，彼得嘶了一声，还甩尾巴，向他发出警告。那个小家伙惊叫一声跑掉了，这让彼得在心里发出呼噜声。

之后不久，他在温室那边的高墙上巡行时，跟另外一只猫狭路相逢，这个闯入者更危险。它浑身都是黑的，所以彼得没能早点看到。它就是邻居那只公猫，一只健壮的家伙，块头几乎是彼得的两倍大，脖子粗，四条腿又长又结实。彼得想也不想地弓起背，奓起身上的毛，好让自己显得大个儿。

“嗨，小猫，”他发出嘶嘶的声音，“这是我的墙，你上来了。”

那只黑猫看样子吃了一惊，它露出微笑。“以前是你的，老爷爷，现在你想怎么着？”

“滚蛋，趁我还没把你扔下去。”彼得感觉自己很强壮，让他惊奇。这是他的墙，他的院子，他要做的，就是把不友好的猫赶走。

黑猫又露出微笑，冷冷地说：“老爷爷你听好，这墙已经好久不是你的了。我要走过去，给我闪开，要不我扯掉你的毛。”

彼得寸步不让。“你这个小把戏，再敢走一步，我会把你的胡子缠到你的脖子上。”

黑猫不屑地长笑一声，可是它没有再往前走一步。

这一带的猫从黑地里凑过来围观，彼得听到它们说话的声音。

打架?

打架!

老家伙肯定是疯了!

他足足有十七岁了呀。

黑猫弓起有力的脊背，又低吼了一声，是可怕的上扬声调。

彼得想保持语气平静，可是他说话夹杂了嘶嘶的声音。“没有我的允许，你不能在这儿抄近路。”

黑猫眨了眨眼睛。它尖声大笑，也是开战的叫声，它肥脖子上的肌肉随之抖动。

对面墙头上，整个猫群发出激动的呻吟声，来的猫越来越多。

“比尔这家伙气坏了。”

“他想打架选错了对象。”

“听着，你这个没牙的老绵羊。”黑猫说话也带着嘶嘶声，但比彼得的声音穿透力强得多。“我是这儿的老大，不是吗？”

黑猫向猫群半转过身子，猫群低声附和。彼得感觉，听上去围观的那些猫说得并不积极。

“我给你的建议，”黑猫又说，“就是躲到一边，要不我把你的五脏六腑扯出来扔到草坪上。”

彼得知道自己已经做过了头，没有退路了。他张开爪子牢牢站在墙头。“你这个肥老鼠！你给我听好了，这是我的墙头。你只不过是一条病狗拉的软狗屎！”

黑猫倒抽一口冷气，猫群里响起窃笑。彼得一直是个很有礼貌的男孩，脱口说出这些侮辱性的话，真是太爽了。

“你会给鸟儿当早餐。”黑猫警告道，然后往前迈了一步。彼得深吸一口气。为了老威廉，他得打赢。他正想到这儿，黑猫的一只爪子猛地一下挠向他的脸。彼得的身体是一只老猫，可是他有一个小男孩的头脑。他躲开了，感觉到那只爪子和张开的恶狠狠的指甲嗖的一声，在他耳朵上方掠过。他正好看到那只猫暂时只有三条腿支撑着身子。他马上纵身向前，用两只前爪狠狠推了那只公猫的胸口一下。猫打架时，不会用上这种动作，那只猫老大猝不及防，骇得大叫一声，往后滑了一下，脚步不稳，翻下墙，头朝下砸穿了下面的暖房。坠落声、碎玻璃的脆响以及打碎花盆的更似土块发出的哗啦声刺破了冰冷的夜空，然后一片沉寂。猫群一片哑然，从它们待着的墙头上往下看。它们听到有动静，然后是一声呻吟。接着，在黑暗里勉强能认出是那只黑猫的身影，在跛着脚走过草坪。它们听到它在嘟囔：

“不公平。用爪子和牙齿，行，可是那样推一下，不公平。”

“下一回，”彼得对着下面喊道，“你得先经过我同意。”

黑猫没答话，可是从它退却的样子和跛着脚的身形来看，显然它是听明白了。

第二天早上，彼得卧在暖气片上方的搁板上，头枕着一个爪子，其他三只爪子在升腾的热气中随意耷拉着。在他周围，大家都在赶时间，乱作一团。凯特找不到书包，粥煮糊了，福琼先生情绪不好，因为咖啡喝完了，而他需要三杯浓浓的咖啡，才能开始一天的生活。厨房里杂乱不堪，杂乱不堪的东西之上，笼罩着粥煮糊的烟雾。晚了，晚了，晚了！

彼得把尾巴卷起来围着他的后爪，尽量让自己发出的呼噜声别太大了。厨房里的那一头，是他以前的身体，里面是猫儿威廉，那个男孩得去上学。男孩威廉看样子迷迷糊糊的。他穿上外套，准备好出门，可是他只穿了一只鞋，另外一只怎么也找不到。“妈，”他不住声地哀叫，“我的鞋呢？”可是福琼太太在走廊上，正在电话上跟别人吵什么。

猫儿彼得半闭上眼睛。他打架胜利后，感到精疲力竭。很快全家人都会出门，房子里会静下来。暖气片变凉后，他会溜达到楼上，找张最舒服的床。为了回味过去，他会选择自己的床。

这一天正像他希望的那样过去了。打盹，舔食了一盘子牛奶，再去打盹，用力嚼着吃了点罐头猫食，那并不像闻上去那么难吃——很像是没有土豆泥的肉馅土豆泥饼，然后再打盹。他还没注意到，外面的天空变暗，小孩们放学回来了。在教室上课，在操场上打闹，这样过了一天后，男孩威廉看样子累坏了。男孩猫和猫男孩一起躺在客厅壁炉前。猫儿彼得心想，让仅仅一天前还属于他的一只手抚摸自己，这真是古怪之极。他想知道男孩威廉对他的新生活开不开心，要上学，坐公共汽车，有妹妹、妈妈和爸爸，可是从那个男孩的脸上，他什么也看不出来，那张脸光洁无毛，没有猫须，红扑扑的，眼睛圆滚滚的，几乎不可能看出眼神里有什么。

那天晚上晚些时候，彼得溜达进了凯特的房间，跟平常一样，她在跟她的玩具娃娃说话，给它们上地理课。从它们不变的表情来看，显然它们对世界上最长的河流没什么兴趣。彼得跳到她腿上，她开始心不在焉地挠他。要是她知道在她腿上的动物就是她哥哥该有多好啊。彼得躺下来发出了呼噜声。凯特开始列出来她能想起来的每一个首都。真是枯燥之极，他要想再睡着，需要的就是听到这些。他的眼睛已经闭上了，这时哗啦一声门开了，男孩威廉大步走进来。

“嗨，彼得，”凯特说，“你没敲门。”

可是她的哥哥猫没理会。他走过来粗鲁地抱起她的猫哥哥就匆忙走了。彼得不喜欢被抱着，对于他这只上年纪的猫，这样没面子。他使劲想挣脱，可是快步下楼时，男孩威廉只是抱得更紧了。“嘘，”他说，“我们的时间不多了。”

威廉把猫抱进客厅，把他放下。

“别动，”那个男孩悄声说，“我怎么说你怎么做。翻过去，肚子朝上。”

猫儿彼得没什么选择，因为那个男孩一只手按着他，另一只手在他的软毛里摸索。他找到那块磨得光溜溜的骨头，把它往下拉。彼得感觉到冷空气进入他的体内。他从猫的身子里出来，那个男孩伸手在自己的脖子后面找东西。这时，一道真正属于猫的粉红和紫色光从男孩的身体里滑脱出来。有一会儿，两个灵魂——猫的和人类的——悬浮在地毯上空面对面了。在他们下方，他们的躯体静静地躺在那儿，就像出租车准备拉着乘客开走。空气里有种伤感。

尽管猫的灵魂没说话，可是彼得感觉到它在说："我得回去了，"它说，"我要开始下一场冒险。谢谢你让我当一个男孩，我已经学到了很多东西，以后会对我有用。但是最重要的，是你替我打了最后一架。"

彼得正要开口，可是猫的灵魂正在钻回自己的身体。

"时间紧迫。"那个灵魂好像在说，同时，那个粉红和紫色都有的光亮正在把自己收进猫的软毛里。彼得飘向自己的身体，从脊柱最高处的背部滑了进去。

一开始感觉很不自在。这个身体不是很合身，他站起来时两腿打战，就像穿一双大了足足四码的橡胶靴子。也许自从他上次用过以来，他的身体又长大了，躺下来一会儿让他感觉舒服。他这样做的时候，猫儿威廉转过身子，很慢而且动作僵硬地走出客厅，一眼也没看他。

彼得躺在那里，一边尽量习惯他的旧身体时，他留意到一件有趣的事：火苗还在卷着同一根榆树木头。他望向窗外，天色正在转暗。没到晚上，还是黄昏。从椅子旁边放着的报纸来看，还是星期二。还有一件奇怪的事：他妹妹哭着跑进客厅，跟着来的是他的父母，脸色阴沉。

“噢，彼得。”他妹妹哭着说，“出了件可怕的事。”

“是猫儿威廉。”他妈妈解释道，“恐怕他……”

“哦，威廉！”凯特的嚎啕声盖过了她妈妈的话。

“他只是走进厨房，”他的爸爸说，“爬到他最喜欢

的暖气片上面的搁板上，合上眼睛就……死了。”

“他根本没怎么受罪。”维奥拉安慰他们说。

凯特还在哭。彼得意识到他的父母正在不安地看着他，在等着看他听了这个消息有什么反应。一家人中，数他跟这只猫的关系最亲密。

“他十七岁了。”托马斯·福琼说，“他这辈子活得够意思了。”

“他这一辈子活得不错。”维奥拉·福琼说。

彼得慢慢站起身，两条腿好像支撑不住他。

“对，”他终于开口了，“他现在要开始另外一场冒险了。”

第二天上午，他们把威廉埋在院子最南面的地方。彼得用棍子做了个十字架，凯特用月桂枝叶做了个桂冠。

尽管他们都要上学或者上班迟到，但是全家一起到了墓坑边上。最后几锹土是两个孩子撒上的。就在那时，一个发出粉红和紫色光芒的球体从地里升起并悬在空中。

“看！”彼得用手指着说。

“看什么？”

“就在那儿，就在你们面前。”

“彼得，你在说什么？”

“他又在做白日梦呢。”

那个光亮又飘得高了，直到跟彼得的头一样高。当然它没有开口说话，那不可能，但彼得还是听到了。

“再见，彼得。”它说，同时开始在他眼前消失。“再见，再次感谢你。”

# 第三章　消失膏

03

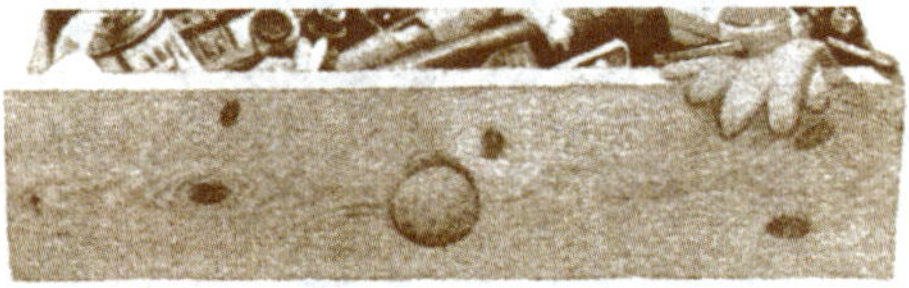

凌乱的大厨房里，有一个大抽屉。当然，抽屉有很多，可是当有人说“绳子在厨房的抽屉里”时，谁都听得明白。也有可能绳子不在那个抽屉里，没有按说跟十几样别的有用东西在一起，但那些东西也从来不在：螺丝刀，剪刀，胶布，图钉，铅笔，等等。你要是想找上述哪样东西，就先去抽屉里找，然后再去所有别的地方找。抽屉里的东西不好说清楚：没有该放的地方的，没用但是不舍得扔掉的，可能有一天修得好的。就这样——还有一丁点电量的电池，没有螺栓的螺母，一个宝贝茶壶的柄，一个没有钥匙的挂锁或者谁都不记得密码的密码锁，最不好看的弹珠，外国硬币，没有灯泡的手电，一只手套——那双漂亮的手套是奶奶去世前织的，一个热水瓶塞，一块有裂纹的化石。阴差阳错，各种各样极其无用的东西塞满了这个本来是放实用工具的抽屉。一块拼图又有什么用？可是话说回来，你敢扔掉吗？

时不时地，这个抽屉会清理一次。维奥拉·福琼把丁零咣当的这一堆全倒进垃圾桶，重新放进绳子、胶带、剪刀……然后慢慢地，这些宝贝东西抗议着离开了，垃圾又悄悄地卷土重来。

无聊时，彼得偶尔会打开这个抽屉，希望那些东西能让他想到什么主意或者用来玩游戏，但从来也没有过。什么都凑不起来，什么都没联系。要是一百万个猴子把这个抽屉摇晃一百万年，里面的内容也许能拼凑成一台收音机，但是肯定永远也收听不到节目，也永远不会被扔掉。还有别的时候，比如这个炎热而无聊的星期六上午，哪儿都不对劲。彼得想拼装个什么东西，发明什么东西，可是根本找不到什么用得上的，家里别的人也不会帮忙，他们想做的，只是懒洋洋地躺在草地上装睡觉，彼得受够了他们。这个抽屉似乎代表了他的家庭的全部问题。真是一团糟！怪不得他思维混乱，怪不得他总是在做白日梦。他如果一个人住，就会知道去哪儿找螺丝刀和绳子。如果他独自一人，他就会知道自己的心思在哪儿。他的妹妹和父母捣腾出这般乱七八糟的样子，又怎么能指望他研究出能够改变世界的发明呢？

就在这个星期六下午，彼得把手往抽屉后面探得更深一些，他想找一个钩子，可是他知道希望很小。他的手拿到一个油乎乎的小弹簧，是从园艺剪刀上掉下来的，他放手了。弹簧后面有几小包种子——时间久得不能种了，但是也没有久得可以扔掉。什么样的一家人啊，彼得一边把手一直伸到抽屉里面靠后的地方，一边心里在想。我们干吗不能像别人家？什么东西里面都有电池，有能玩的玩具，拼图和扑克牌都不缺片少张的，什么都在该放的柜子里？他的手握到一样凉凉的东西，拿出来看，是一个深蓝色小瓶子，黑盖，白色标签上印着“消失膏”。他盯着这几个字看了很久，想弄明白是什么意思。里面是种稠稠的白色膏体，表面平整，从来没用过。他用食指指尖探进去。那东西是凉的——不是冰块那种硬而刺骨的凉，而是种圆润的、绸缎一样、奶油般的凉。他缩回手指，吃惊地大叫一声。他的指尖不见了，完全消失了。他把盖子拧上，快步上楼进了他的房间。他把瓶子放在架子上，把衣服和玩具踢到一边，好坐到地板上，背靠着床。他需要想一想。

首先，他检查了自己的手指。它几乎跟他的大拇指一样长，他感觉了一下消失的那截手指应该在的地方，什么也没有。他的指尖不仅看不到，而且是融化掉了。

安静地想了半个小时后，彼得走到他房间里对着后院的那面窗户前。看上去，草地就像厨房抽屉的室外版本。他的父母脸朝下躺在毛毯上，半睡半醒，沐浴在阳光下。他们中间躺着凯特，她大概觉得晒日光浴就显得好像长大了。三个人的周围，是他们这个浪费了的星期六下午的垃圾——茶杯，茶壶，报纸，吃了一半的三明治，橘子皮，空酸奶盒。他恼火地瞪着他的一家人。拿这些人真是没办法，可是你不能把他们扔掉。要么更好的是，嗯，也许……他深吸一口气，把深蓝色瓶子放进口袋下楼了。

彼得跪在他妈妈旁边，她睡眼惺松地嘟囔了一句什么话。

“你应该小心别晒伤了，妈。”彼得关心地说，“你想让我在你背上擦点防晒霜吗？”

维奥拉·福琼喃喃地说了什么，听着好像是“好吧”。彼得拿出瓶子。他的食指没了一截，不容易拧开盖子。他戴上那个单只的手套，路过厨房时拿的。他妈妈的白色脊背在阳光下闪着光。万事俱备。

在内心里，彼得无疑深爱他的妈妈，她也爱他。她教过他怎样做太妃糖，怎样读书、写字。她从飞机上跳过伞。他生病时，她在家里照料他。她还会只用脑袋拿大顶，彼得不知道还有谁的妈妈有这一手。可是他主意已定，她得消失。他用手套指尖挖了一团凉凉的消失膏。手套没有消失，奇迹似乎只会发生在活体组织上。他让那一块消失膏直接掉到他妈妈的背部中间。

“噢，”她叹了口气，也不是很认真地说，“好凉。”彼得开始把消失膏抹开，他妈妈马上消失了。有一会儿看着不舒服，那是只有她的头和腿在草地上时，中间什么也没有。他很快又在她的头上和脚踝处抹了一些。

她不见了。她躺的地方本来给压平了，彼得眼睁睁地看到草叶正在展直。

彼得拿着蓝色的小瓶子走到他爸爸那里。“看样子你要晒伤了，爸爸，”彼得说，“想让我给你抹点防晒霜吗？”

“不。”他爸爸眼睛也没睁地说。可是彼得已经挖出了一大团，正在他爸爸的两边肩膀之间抹。对了，除了妈妈，彼得在世界上最爱的就是他爸爸，像阳光一样清清楚楚的是，他爸爸也爱他。托马斯·福琼在车库里还放着一辆排量500毫升的摩托车（这是另外一样不能扔掉的东西），他让彼得坐过这辆车。他教会了彼得怎样吹口哨，怎样用一种独特的方法打鞋带，怎样给别人来个背摔。可是彼得主意已定，他爸爸得消失。这次，他在不到一分钟的时间里，就把爸爸从头到脚抹上了消失膏，草地上剩下的，只有托马斯·福琼读书时戴的眼镜。

只剩下凯特了。她心满意足地趴在草地上，在父母中间。彼得看看蓝瓶子里面，只够给一个小孩子抹了。他不会爽快地承认他爱妹妹。一个妹妹只是有就有了，不管你想不想要。可是她情绪好的时候，跟她玩很带劲儿，而且她长了张让你想跟她说话的脸。说到底，彼得很可能还是爱她的，她也爱他。尽管如此，他决心已下，她也得消失。

他知道如果去问凯特想不想在背上抹点防晒霜，那可就错了，她会马上怀疑有诡计，小孩比大人难骗。他用手指在瓶底刮了一圈，正要把不大不小的一团滴到她背上，这时她睁开眼睛，看到彼得手上戴着手套。

“你干吗？”她尖叫道。她一下子跳起来，挡开彼得的胳膊，让本来要往她背上抹的消失膏溅到了她的头上。她站了起来，用手抓着头皮。“妈妈，爸爸，他在往我身上弄脏东西！”她哭着说。

“哦，不。”彼得说。凯特除了手，她的头也在消失。这时，她在院子里像个没头的小鸡一样乱跑，挥着她变短

的胳膊。她有嘴巴的话，那时会尖叫的。要命，彼得心想，也开始追她。“凯特，听我说。别跑。”可是凯特没有耳朵。她一直在跑，跑的圈子越来越大，直到她撞到院墙，反弹到彼得的怀里。什么样的一家人啊，他想，一边把最后一点消失膏抹到凯特身上。最后等到她消失了，院子里静下来后，可真是让人长出一口气。

首先，他想把这个地方收拾好。他把草地上的垃圾收到一起，倒进了垃圾桶——茶壶、杯子之类，这样省得还要洗。从现在开始，持家要讲效率。他拿了个大塑料袋进了他的睡房，把零碎东西都往里面塞，把挡路的都当成垃圾——地上的衣服，床上的玩具，多出来的一双双鞋子。他在房子里巡视一圈，把看着凌乱的东西都收在一起。至于他妹妹和他父母的睡房，他只是把门关上了事。他把客厅的装饰物、垫子、带框照片和书本全收走了。厨房里，他把架子上的盘子、食谱和盛着令人作呕的咸菜的坛子全都清理掉。到天黑时他忙完后，垃圾桶边有十一个袋子，装的是家里的垃圾。

他给自己做了晚饭——一个白糖三明治。吃完后，他把盘子和刀子当垃圾扔了。然后，他在房子里溜达了一圈，欣赏空荡荡的房间。现在他终于可以理清思路，现在他终于可以着手搞发明了，等他找到铅笔和一张白纸后马上开始。问题是像铅笔这样的零碎东西，很可能装在垃圾桶旁边的十一个袋子的其中一个里。没关系，在开始艰苦的工作前，他要看上几分钟电视。在福琼家，并不禁止看电视，但是也不鼓励，每天的定量为一个小时。另外，福琼夫妇认为超过这个量，会看坏脑子，但是他们又拿不出什么医学证据来支持这一理论。晚上六点钟时，彼得坐在扶手椅子上，手边有一升柠檬汁、一公斤太妃糖和一个海绵松蛋糕。那天晚上，他看了一个星期的量。夜里一点钟刚过，他歪歪斜斜地下床，跌跌撞撞地到了走廊上。“妈，”他喊道，“我要吐了。”他站在马桶边等待最糟糕的情形出现，不过没有，而的确出现的，更让人不自在。从楼上传来一个声音，难以形容，是种咯吱咯吱、噼里啪啦的声音，还有脚步声，就好像一个身上黏糊糊的动物在踮着脚走过巨大的一摊绿色果冻。彼得不再有恶心感了，而是害怕起来。他站在楼梯脚，开了灯往上面看。“爸爸，”他声音低哑地叫，“爸爸？”没有应答。

想在楼下睡是不行的，没有毛毯，而且他把垫子全扔掉了。他开始上楼，每一步都吱吱嘎嘎响，暴露了他的行踪。他听见自己的心脏跳得咚咚响。他觉得自己又听到了那个声音，可是他不能肯定。他停下来屏住呼吸，只有带着杂音的寂静和他猛烈跳动的心脏。他又往上挪了三级楼梯。如果凯特这会儿在她的房间里跟她的玩具娃娃说话，那该有多好啊。他离楼梯平台还有四级楼梯。如果原先有个怪物在一摊果冻里拖着脚步往后走，那么这时停下来在等着

他。他离睡房的门还有六步远。他数了三下后猛冲过去，扑通一声关上身后的门，拉上插销，靠在门上，等着。

他是安全的。他的房间看着空荡荡的，险恶。他衣服和鞋子都没脱就上床了，要是怪物破门而入，他准备从窗户爬出去。那天晚上彼得没睡觉，而是在跑。他跑过他的梦境，跑过有回声的走廊，穿越有石头和蝎子的沙漠，跑过稻谷的迷宫，顺着一条倾斜的像海绵一样的紫色隧道，墙上在滴水。这时他意识到没有妖怪在追赶他，而是他跑进了妖怪的喉咙。

他乍然醒了，坐了起来。外面天还没黑，也许是傍晚，要么是下午早些时候，但是已经有一天过完的感觉。他拉开房门的插销，把头伸出去。寂静，空旷。他把房间里的窗帘拉上去，阳光一下子泻进来，他开始感觉更勇敢了。外面有鸟儿的啼鸣、交通噪音、割草机的声音。黑暗再来时，怪物也会来。他需要的是布置一个陷阱。如果他想理清思路，搞出自己的发明，他就得一劳永逸地解决那个怪物。他需要——我们来看看吧——二十个图钉，一支手电，用绳子一头拴着什么重东西，绑到一根棒子上……

这些想法让他下了楼，进了厨房。他拉开那个抽屉，里面有一包生日蛋糕蜡烛座，上次用的时候融了一半，他把这包东西拨开，这时他注意到自己的食指。全长着呢！又长回来了，消失膏失效了。他正要开始考虑这有可能意味着什么，感觉有只手搭到了他的肩膀上。怪物？不，是凯特，整个的她，浑然一体。

彼得开始急促地说：“谢天谢地，你来了，我需要你帮手。我正在布置一个陷阱，你看，有一样东西……”

凯特拉他的手，“我们在院子里喊你几百声了，你只是站在这儿，看着那个抽屉。来看我们在干吗。爸爸找了个旧割草机，我们要造一艘气垫船。”

“气垫船？！”

彼得由着自己被拉到外面。杯子，橘子皮，报纸，还有他的父母——没有消失。

“来吧，”他妈妈喊他，“来帮忙——”

托马斯·福琼手里拿了个扳手。“有你来帮忙，就很可能成功。”他说。

彼得向他的父母跑去时，心里在纳闷今天星期几。还是星期六吗？他决定不问了。

# 第四章　霸王

04

彼得上学的学校里，有一个霸王，名叫巴里·塔默雷恩。他长得不像霸王，他不是个人渣，他的脸长得不算丑，眼神不吓人，手指关节上没长疤，不随身携带危险武器。他的块头不是特别大，也不是精瘦结实的小个子——倒是那种人有可能变得好勇斗狠。在家里，他不像很多霸王那样挨很多打，也没被宠坏。他的父母和气，但是要求严格，对他完全不怀疑。他说话声音不大，也不沙哑，他的眼睛不冷酷，也不小，他甚至不是很笨。事实上，他长得很是圆圆胖胖的，皮肤细嫩，但不是个大胖子，戴眼镜，粉红的脸蛋软得像海绵，牙齿上套着银牙箍。他经常一副不快乐和无助的表情，能打动一些大人，在他只能凭着一张嘴让自己脱身时，就用得上了。

那么，巴里·塔默雷恩怎么会成功地当上了霸王呢？对这个问题，彼得恍恍惚惚地考虑过很多。他的结论是巴里之所以成功，有两个因素，首先是他想要什么东西时，他的动作最迅速，马上就能得到。要是你拿着一个玩具去操场，巴里·塔默雷恩喜欢这个玩具的样子，他只是从你手里抢过去。如果他在课堂上需要一支铅笔，他只是转过身“借”你的用。看到有人排队，他会径直走到最前面。要是他生你的气，他这样说出来后，马上就会用很大的劲儿揍你。塔默雷恩成功的第二个原因，是大家都怕他，没人很清楚原因。单单是巴里·塔默雷恩这个名字，就能让你感觉有只冰凉的手捅到你的胃里。你害怕他，因为每个人都这样。他让人害怕，因为他让人害怕出了名。看到他走过来，你会闪到一旁，他问你要糖果或者你的玩具，你就交出来。大家都这么做，所以你也这么做好像是明智的。

在学校里，巴里·塔默雷恩是个厉害的男孩，他想要什么，没有谁能阻止他得到，就连他也阻止不了自己，他是一种盲目的力量。有时在彼得看来，他就像是个机器人，程序规定他干吗，他就得干吗。真是奇怪了，他不在乎没有朋友或者大家都讨厌他、躲着他。

当然，彼得也不去招惹这个霸王，但是对他特别感兴趣。巴里·塔默雷恩是个谜。他十一岁生日时，邀请学校里的十来个孩子参加派对。彼得不想去，可是他的父母非要他去，他们自己喜欢塔默雷恩夫妇，所以，根据大人的逻辑，百分之百肯定彼得也喜欢巴里。

这位面带微笑的小寿星在门口迎接客人。“你好，彼得！谢谢。嗨，妈妈，爸爸，看我的朋友彼得给我带了什么来！”

那天下午，巴里对他所有的客人都和和气气的。他参加游戏，没有想着只因为这是他过生日，每次都得让他赢。他跟他的父母一起大笑，倒饮料，帮忙把盘子清理走并洗干净。有一次，彼得往巴里的房间看，里面到处都是书，地板上有一套火车玩具，床上有个旧的玩具熊，卡在枕头旁边，还有一套化学实验用具，一台电脑游戏机——正像是彼得自己的睡房。

傍晚时，巴里轻轻打了一下彼得的胳膊说：“明天学校见，彼得。”

这么看来，巴里·塔默雷恩过的是双重生活，彼得走路回家时心里在想。每天早上，在从家里到学校的某处，这个男孩变成了怪物，放学后，这个怪物又变回男孩。想

到这些，让彼得开始做起关于把人们变形的药物和咒语的白日梦来。然后，生日派对后过了几个星期，他不再想这件事了。我们怎么能够习惯于带着解不开的谜生活，这本身就是个谜，宇宙中，还有比巴里·塔默雷恩大得多的谜团呢。

最近，这种谜团中有一个让彼得想了很多。当时他在教室外面的走廊上走，正要去图书馆，有两个高年级的大女孩走过他身旁。

其中一个跟她的朋友说："可是你怎么知道你现在不是在做梦？你有可能梦到你在跟我说话。"

"噢，对了，"她的朋友说，"我只要掐我自己，会疼，我就醒了。"

"可是假如说吧，"第一个女孩说，"假如你只是梦到你掐你自己，你只是梦到疼。一切都有可能是个梦，你永远都不会知道……"

她们转过拐角走掉了，彼得停下来思索。本来他也模模糊糊有过这个想法，可是他从来没能表达得这样透彻。他看看周围：他手里图书馆的书，亮堂、宽阔的走廊，天花板上的灯，左右两边的教室，从教室里出来的小孩子——这些有可能根本不存在，有可能只是他脑子里的想法而已。在他旁边的墙上，正好有一个灭火器。他伸手去摸，他的手指摸到红色的金属凉凉的，坚硬，真实。怎么会不存在呢？但是对了，做梦就是这样——一切都像真的，只是在你醒来后，才知道自己一直在做梦。他又怎么能知道他不是梦到了灭火器，梦到红色，梦到它摸上去的感觉？

几天过去了，彼得还在想这件事。有天下午他站在院子里，突然意识到如果他只是梦到了这个世界，那么其中的一切，在其中发生的一切，都是因为他而造成的。他头顶很远的地方，有架飞机正开始降落，阳光照在机翼上，反射出银色光芒。飞机上的人正在调直椅背，收起杂志，他们一点也不知道是地面上的一个男孩在梦到他们。这是不是意味着如果有一架飞机坠毁，就会是他的错？这样想真可怕！可是话说回来，如果真的是这样，不管怎么样，根本不会有真正的坠机事件，只是做梦而已。即使这样，他盯着那架飞机，还是强烈希望它会安全到达机场，它也的确做到了。

几天后的一个夜里，彼得的妈妈来他的睡房里跟他睡前吻安。妈妈的嘴唇碰到他的脸颊时，他又有了个想法。如果他是在做梦，他醒了妈妈会怎么样？会有另外一个多少是同样的妈妈吗？只不过是真实的？要么是另外一个根本不一样的？要么根本没有？彼得搂着妈妈维奥拉的脖子不肯放手，让她吃了一惊。

一天天过去，彼得翻来覆去想这个问题，他开始想这很可能是真的，他的人生只是一场梦而已。早上，孩子们像一条人的河流一般流进学校，他的老师的声音萦绕在教室的墙壁之间，她走到黑板那边时她裙子的颤动，这些都很像是梦里的。老师突然站到他面前说话，这也正像是在梦里。“彼得，彼得，你在听讲吗？你又在做梦吗？”

彼得想跟她说实话：“我想，”他字斟句酌地说，“我在梦到做梦。”

教室里哄堂大笑。好在伯耐特太太对彼得印象不错，她揉揉他的头发说：“注意点。”说着又走到教室前面。

这就是为什么在休息时间，彼得会一个人站在操场边上。无论是谁，都会看到一个男孩站在一堵墙旁边，拿着一个苹果，怔怔地望着前方，什么也不做。事实上，彼得陷入了沉思。原先，他正要吃苹果时，又有了个很棒的主意，一个突破。人生如果是一场梦，那么死亡肯定是你醒来的那一刻。如此简单，肯定是真的。你死了，梦结束了，你醒了。人们所说的上天堂，就是这个意思，就像睡醒了。彼得露出微笑。他正要奖赏自己一口苹果，这时抬头一看，意外看到了校园霸王巴里·塔默雷恩粉红色的圆脸蛋。

他在微笑，但是样子并不开心。他笑，是因为他想要东西。他从操场那边走过来，直直地走到彼得面前，从别人踢足球、玩跳房子和跳跃游戏的地方插过来。

他伸出手直截了当地说："我想要苹果。"说完又露出微笑。阳光照在他的牙箍上，银色的光芒一闪。

哎，彼得可不是胆小鬼。有一次他扭了踝关节，跛着脚从威尔士的一座山上下来，一句抱怨的话也没说。还有一次他衣服没脱就跳进波涛汹涌的大海，从海浪里救了一位太太的狗。可是他不想打架，见打架就躲。以他的年龄，他长得够壮了，可是他知道自己打架永远都不会打赢，因为他从来做不到放开自己用力打任何人。操场上有人打架时，所有的孩子都会围过来，彼得感觉犯起了恶心，两腿无力。

"快点，"巴里·塔默雷恩讲道理地说，"交出来，

要不我揍烂你的脸。”

彼得觉得有种麻木的感觉悄悄地从脚往上，一直蔓延到全身。他的苹果是黄色的，有红色纹路，苹果皮稍微有点皱了，因为一个星期前，他就把这只苹果带到了学校，一直放在他的课桌里，让里面充满了甜丝丝的木头味。为了这个苹果值得脸被揍烂吗？当然不值，但是话又说回来，因为一个霸王要，就可以交出去吗？

他看着巴里·塔默雷恩，他又逼近了，他粉红的圆脸蛋涨得通红，眼镜把他的眼睛放大了，一个口水的小泡挂在他的牙箍边和一颗门牙上。他的块头根本不比彼得更大，当然也没有长得更壮。

有几个小孩察觉到在塔默雷恩所在的操场这一角，即将有场好戏看，他们早就开始围拢过来，只是还不够围成一圈。

“彼特加油，揍他嘴巴。”有人光说不帮忙，巴里·塔默雷恩转过身怒目而视，那个男孩溜到了几个人的后面。

“打呀，巴里！打呀，巴里！”又有人说。

巴里·塔默雷恩不喜欢碰钉子。他准备好动手了，他已经把手收回攥成拳头，半侧过身子，膝部稍弯，身子晃来晃去，他好像很在行。

又有些孩子加入围观，彼得听到操场上到处在喊——打架了！打架了！他们从各个方向跑过来。

彼得能听到自己的心脏跳得怦怦响。上一次他处于这种情形时，他是一只出人意料会使用人类招数的猫。但这次没那么简单。为拖延时间，他把苹果从一只手换到另一只手里，说：“你真的想要这个苹果？”

“你听到我说什么了，”塔默雷恩干巴巴地说，“苹果是我的。”

彼得看着这个准备揍他的男孩，想起三个星期前的那场生日派对，当时巴里那么热情，那么友好。现在他扭曲自己的脸，尽量显得面目狰狞。是什么让他以为在学校里，他想怎么样就怎么样，想要什么就可以得到什么？

彼得敢于暂时不看巴里，而是扫了一眼那一圈兴奋的人。那些害怕的脸庞凑得更近，眼睛睁得大大的，嘴巴合不拢。就有人要被可怕的塔默雷恩打趴在地了，谁都没法阻止他。是什么让肤色粉红、胖乎乎的巴里这么厉害呢？马上，彼得凭空得到了答案。他想，显然是我们，我们做梦让他成了学校里的霸王，他根本不比我们任何一个人长得更强壮，他的力量和强壮，都是我们做梦梦出来的，我们把他变成了现在这个样子。他回家后，没人相信他是个霸王，他只能变回了自己。

巴里又开口了："这是最后一次警告你，苹果给我，要不我痛扁你一顿。"

彼得的回答是把苹果举到嘴边，咬了一大口。"你知道吗，"他嗡着满嘴苹果说，"我不相信你的话。事实上，我还可以免费告诉你，我甚至认为你不存在。”

那群人抽了口冷气，还有几声格格的笑声。彼得听着很有把握，也许是真的。

就连巴里也皱起眉头，停止晃动。“什么意思？”

彼得完全不害怕了。他站在巴里面前，笑眯眯的，似乎对巴里不存在很同情。在琢磨了几个星期人生是否是一场梦之后，彼得想好了霸王塔默雷恩肯定是个梦，如果他用全身力气打彼得的脸，不会比一个影子打他打得更痛。

巴里回过神，准备动手了。

彼得又啃了口苹果。他把脸凑近巴里的脸，盯着他看，好像他无非是墙上的一张滑稽图片而已。“你只是一块胖乎乎的粉红色小果冻……长着金属牙齿。”

人群中传出了笑声，散播开来，让大家都笑了起来。有的笑得咯咯响，有的吃吃笑，有的笑得嘎嘎响。小孩儿们互相抓紧，要么拍打自己的膝盖。当然，他们在故意表现，他们想给彼此看看他们不害怕。人群里到处在念诵那句侮辱话的片段："粉红色果冻……金属牙齿……长牙齿的果冻！"彼得知道他的话说得残忍，可是又有什么关系呢？反正巴里不是真实的。这时，巴里的脸红得变成亮亮的粉红色，比任何果冻都更亮。他讨厌这样。

趁巴里的火气还没发泄出来，彼得乘胜追击。"我去过你家。记得吗？在你的生日派对上。你只是个挺好的普通小男孩，我看到你帮你妈咪刷碗……"

"啊啊啊啊啊。"那群人装作有感情地唱出一个下降的调子。

"没这事儿。"巴里厉声说，他的眼睛亮亮的。

"我往你的睡房里看，看到你的泰迪熊塞在床上。"

"啊啊啊啊啊。"那群人喊道。那个声音从一个更高的调子往下滑，突然变成了嘲弄。"噢噢噢噢噢。小呀小巴里……小呀小熊熊……啊啊啊啊啊。"

当然，没有一个小孩不是悄悄喜欢一个破旧不堪的填充动物玩具，晚上还得抱着睡，但是知道这个霸王也有，可真是太棒了。

巴里·塔默雷恩当时心里很可能还想一拳打在彼得脸上。喊叫和嘲笑声响起来时，他举起胳膊，无力地攥成拳头。就在那时，发生了一件可怕的事：他放声大哭，毫无掩饰，眼泪很快从他的鼻子两侧往下淌，他的呼吸也不再是他自己所能控制的。他的整个身体都因为挣扎着小口喘气而一起一伏的，但是这群人根本不肯放过他。

“小呀小巴里要找妈妈……”

“想要他的小熊熊……

“噢噢噢噢噢。瞧他吧……”

这时哭泣的势头如此之猛，以至于可怜的巴里甚至没力气走开。他只是站在那一圈小孩的中央，手捂着脸一把鼻涕一把泪地哭。所有人、所有事都针对他，没人相信他。

梦的肥皂泡破了，那个霸王也随之消失了。

慢慢地，嘲弄和笑声都平息了，这群人陷入难堪的沉默。这些孩子开始陆续走开，又去玩自己的游戏。有位老师从操场那边匆匆赶过来，搂着这个孤独的孩子的肩膀，把他领走，嘴里说着：“可怜的小家伙，有人跟你过不去吗？”

那天上午在教室里后来的时间里，巴里一蹶不振。他埋头做作业，不肯抬头看或者跟任何人对上眼光。他好像在努力让自己显得更小，要么完全消失。

另一方面，彼得感觉志得意满。他从操场上回来，坐到他的课桌前，正好在巴里后面。他装作对周围的挤眉弄眼和感激的微笑视而不见。他一个指头没动，就打垮了霸王，几乎全校的人都看到了。他是个英雄，征服者，超人。就凭他古灵精怪的智慧，没有他做不到的事。

但是随着这天上午时间过去，彼得的感觉完全变了。

他说过的话开始让他心神不宁，他真的说过那些话吗？他这时才注意到前面巴里·塔默雷恩弯腰弓背的身子。彼得往前探身拿一把尺子敲敲他的背，可是巴里摇摇头不肯转身，彼得又想到他说过的话，感觉更别扭了。他想提醒自己巴里曾经多么差劲，想专心想着自己的胜利，可是他不再对这件事感觉畅快。他嘲笑了巴里长得胖，戴牙箍，有一只泰迪熊和帮妈妈干活。他本来是想保卫自己，教训一下巴里，可是结果让他成了全校嘲笑和蔑视的对象。跟直接一拳打在鼻子上比起来，他的话伤害人的程度要深得多。他已经击垮了巴里，现在谁是霸王？

出去吃午饭时，彼得往巴里的课桌上丢了张纸条，上面写着："你想踢足球吗？又：我也有只泰迪熊，我也得帮忙刷碗。彼得。"

巴里正害怕在下一次休息时间里面对大家，所以很高兴地接受了。两个人组织了一场足球赛，特别要两人在同一方。他们互相帮助进球，走的时候挽着胳膊。任何人再继续嘲笑巴里就没意义了，他和彼得成了朋友，不能准确地说是好朋友，但总归是朋友。巴里把彼得写的纸条用大头针钉在他睡房书桌上方的墙上，而霸王这件事，就像所有噩梦一样，很快就被忘掉了。

# 第五章 窃贼

05

街坊邻居都在议论那个窃贼的事。几个月前，他闯进了街尾的一幢房子。那是一个阳光灿烂的下午，他趁那幢房子里没人时，光天化日，从房后的一扇窗户挤了进去，拿走了刀叉和一幅画。现在他在街上一路偷过来，路这边一幢，然后路那边一幢。

胆子真够大的！大家一直在说。他肯定要给抓到的，昨天晚上他偷了八号，下个星期会是九号。

可是不，他会等上三个星期，或者四个星期，会跳到十一号，然后就在第二天又来，偷了十二号。他偷电视机、录像机、电脑、雕像、珠宝。他知道怎样撬锁、爬上排水管、弄哑防盗报警器、往回滑开窗钩、跟生气的狗交朋友、怎样在白天拿着赃物大摇大摆走掉而无人看到。他是个魔术师、小偷大师，他来无影，去无踪，悄无声息，身轻如燕。他根本不会在花圃里留下脚印，或者在门把手上留下指纹。

警方一筹莫展，派来两个便衣坐在没有标志的车里监视那条街道，大家都知道他们是干吗的。他们坐在车上玩填字游戏，吃三明治，直到被叫走去做更重要的工作。半小时后，那个贼又出手了，从古德纪姆太太家拿走一盒昂贵的香皂和一根顶端镶银的手杖。古德纪姆太太是个有钱的老太太，长着外突的黄牙齿，她一个人住。那根手杖原来是她爷爷的，那是个狠巴巴的传教士，以前在非洲的小孩不上《圣经》课时，就会挨他的打。

“它的感情价值高极了！”来跟彼得的妈妈说这条新闻时，古德纪姆太太哭诉道，“它在十九世纪时，绕着地球走了三圈。还有我的香皂，我珍贵的香皂！”

“他拿了那根破手杖我挺高兴。”古德纪姆太太走后，彼得跟凯特说。“我希望那个贼会在膝盖上把它折断。”

凯特用力地点头。“我希望他拿了她的牙齿！”原来，古德纪姆太太尽管有个让人听着觉得她好玩的名字[1]，街上的小孩子却没人喜欢她。她是那种少有的不快乐的大人，他们对世界上有小孩子这一事实很恼火。小孩子在外面玩的时候，她会从她家前窗户那里朝他们喊叫，要他们“都离我的房子远点儿”。她相信吹到她那一小块土地上的垃圾都是淘气的小孩子放到那儿的。如果有球或者玩具掉进

① 古德纪姆（Goodgame）的字面意思为“好游戏”。

她家院子里，她会冲出来没收掉。她总是心情不好，而且因为小孩子嘲弄她，让她的日子越发不好过。让她生气可以说是件好玩的事。彼得的父母说她有点疯了，应该同情她，他们就总是尽量对她和和气气的。但是对小孩子来说，难以对一个长着黄牙齿，还在街上追你的人产生同情。

所以古德纪姆太太的香皂和手杖被拿走时，彼得并不怎么在意。他开始对这位窃贼有了点尊敬，决定叫他“香皂山姆”。真是个胆大妄为的家伙，他要把整条街都偷个遍，门牌号从小到大，一户一户偷过来。他好像故意让人来抓到他！

几个月过去，又有几家失盗。十五号，十九号，二十二号，二十七号。一点都不用怀疑，“香皂山姆”正在向着彼得家——三十八号——偷来。

彼得已经花了很多时间用铅笔和纸来演算。就他所知，这个窃贼选择房号根本没规律，但是如果他真的来，会在两星期内光顾他家。也许他家会被漏掉，但彼得知道那样的话，他会失望的。谁也没告诉，他一早就想好了，他要成为抓到“香皂山姆”的人。

估计“香皂”要来的前一个周末，托马斯·福琼和维奥拉·福琼做了准备。托马斯·福琼在窗户框上拧进了长长的螺丝钉，以此来加固窗户。他在前后门都装上了更牢靠的锁，在房子侧面的入口处也加了挂锁。他想装一个可以自助安装的防盗报警器，可是在把一根电线钉到墙上时，锤子砸了大拇指，这让他心情很糟糕。更糟糕的是，警报器还不管用，没时间再安装一个管用的了，再说，它也拦不住“香皂山姆”。

维奥拉把她最喜欢的园艺工具拿进屋里，她一个房间挨一个房间把绘画、装饰物、灯和贵重的书本收在一起，把它们锁进顶楼的一个柜子里。彼得和凯特把最喜欢的玩具藏在自己的床下面，就好像从街上一路过来的，是飓风、旋风和台风，会把他们拥有的一切都夺走。事实上，那只是个活干得很聪明的小毛贼而已，可是他有彼得聪明吗?

彼得开始备战了。他要解决的第一个问题是：如果让他去抓到那个贼，他就一定要待在家里，那就意味着不去上学。他可以装病，可是他得小心一点，要装得恰到好处，要是他装过了头，他的爸爸或妈妈就会有一位不上班来照顾他。“香皂山姆”会看出家里有人，就会过门不入。话说回来，如果彼得看样子并不是病得厉害，他就会被叫去上学，还给他一张纸条，让他可以不参加体育活动。如果他装得好，就会被允许自个儿待在家里，他们好心的老邻居法勒太太每隔一小时左右来看看他。

下午放学后，彼得把他的睡房门锁上，练习显得没精打采。他想让自己显得面色苍白，就往自己脸上扑了面粉，镜子里的他像是一具复活的尸体。他嚼了点胡椒粒来让自己体温升高，效果好过头了，他的嘴巴和嗓子好像着了火，他的温度唰地一下上去了，这样他会被送进医院的。他想是不是装作崴了脚更适合他。他在自己睡房里狭窄的地板上跛着脚来回走了几步，他的样子，更像一个正在变成螃蟹的男孩。

三天后，他还在完善自己的装病技巧时，从妈妈那儿听到了消息：三十四号的巴登－巴登夫妇家失盗了，才在两个月之前，他们花了几千镑购买了最新的警报系统，有红蓝两色的警告灯、防闯入声波探测器和声音尖厉的警报器。"香皂山姆"似乎穿墙而入，偷走了放在玻璃盒子里的有四百年历史的一把网球拍，还有一个虫蛀的钢琴凳，据说莫扎特五岁时，在上面坐过两分钟。

"真让人震惊啊。"维奥拉·福琼说。

"太不像话了。"彼得附和道。

可是等妈妈走后，彼得激动地挥舞了一下拳头。"香皂山姆"来了！彼得并没有理由认为自己的家——三十八号——会是下一家。他在心里这样想好了，因为他想让它发生，好像不管怎么样就够了。他也不可能知道下次盗窃会在什么时候，可是他已经推测了一下，认定“香皂山姆”会在四五天之内上门。

对了，彼得在准备装病时，也在琢磨他要怎样抓到那个贼。他做白日梦，一路想到了活板门、从天花板吊下一张网、一块涂了超级胶水的金锭、连接到门把手上的电线、假枪、淬过毒的飞镖、套索、滑轮和绳子、锤子、弹簧、卤素灯、恶犬、烟幕、激光枪、钢琴弦和园艺叉等。但彼得不是傻瓜，他完全清楚这些主意本身全管用，但是他也知道对于一个十一岁的孩子来说，几乎不可能让这些主意管用。

星期六上午，他躺在床上考虑，不知不觉盯着他床边壁脚板处的一个旧老鼠洞看。现在没有老鼠了，而那个洞似乎在墙下面和下面的地板里无穷延伸。然后他目光往上，盯着那个书架看，那是他存放自己最珍贵财产的地方，突然他看到了解决办法。不管做什么，都必须简单。那儿是老鼠洞，上面那儿是去年的生日礼物，好像在看着他说："用我！用我！"

他坐到桌前，抽出一张纸，用颤抖的手写了封短信，这也许是他写过的最重要的信。然后他把这封信放进信封里封好，在信封上写了字，把它拿到楼下，拿到家里放账单的桌子上。他把信往里塞，刚好看不见，但又不难找到。在信封上，他用大个的大写字母写着："在我暴死时打开。"

维奥拉·福琼感到自豪的是，她对自己的两个孩子了解得很透。她了解他们的情绪、弱点、担心的事和关于他们的一切，比他们对自己的了解还要透彻得多。例如，在彼得和凯特还没有真的感觉疲惫前很久，她就知道他们什么时候累了。她知道他们什么时候真的心情不好，即使他们以为自己心情不错。那个星期天晚上，她暗暗注意到在叫他时，彼得慢吞吞地来到饭桌前。他吃完自己盘子里的，然而是努了力才吃完，他掩饰着这种努力，谁都没看出，除了妈妈。第二轮让他吃时，他压抑着恶心，上嘴唇在哆嗦，而这可是牛排和上面浇了有半升番茄酱的炸薯条啊。

“彼得宝贝，你看样子不舒服。”她最后说。

“我感觉很好。”他说，然后叹了口气，用手抹了一下脸。

“我想你也许需要早点睡。”维奥拉说。

“我没觉得。”彼得说，可是他妈妈敏锐地注意到他说得不如平时那样有力气。等到命令他吃饭后穿上睡衣时，他只是象征性地反抗了一下。等到二十分钟后她往彼得的睡房里偷看时，他已经睡着了。他别想糊弄我，她一边蹑手蹑脚地走开一边想，他真的不舒服。

直到半夜，彼得都醒着躺在那儿，在想计策。第二天早上，他妈妈自己也能看出他的样子有多么苍白和萎靡不振。她给彼得量了体温。根本没什么特别严重的，但是显然他不能上学了，无论他怎么恳求。他的身体可以读书和看电视，所以就跟法勒太太讲好了。彼得被安置在客厅里的沙发上。

“要是能让这座房子显得里面有人，那倒不是坏事。”他爸爸进来告别时这样说，“把电视声音开得大大的，至少你能把贼吓跑。”

大家都走了，彼得把电视关掉，他在毛毯下面伸直身体，听着一幢正在陷入沉寂的房子里吱吱嘎嘎、窸窸窣窣的声音。他想着一时半会儿不会有贼来偷东西。他肯定当贼的不会早早起床，“香皂山姆”很可能会一觉睡到中午，慢吞吞地花很多时间吃早餐，喝几杯浓咖啡来合计下一步行动，还读报纸，看有没有老朋友被捕的消息。

一点没错，那天上午平安无事。法勒太太来了一趟，拿来一些自家做的饼干。彼得看电视，读书，查看了他的设备，在房子里走了一圈，关掉一两盏灯，拉上了客厅里的窗帘，以便从外面没法看到他。从街上看，这座房子好像是空的。他开始感觉烦躁。他吃了留给他的午餐，尽管还没饿。他看够了电视，读够了书，而最主要的是，他等够了。他巡视了一遍各个房间。悄悄地走到窗户边往外看，街上安安静静的，乏味，贼的影子也看不到。也许这全都是个愚蠢的错误，也许他应该在学校里，和朋友们在一起。

他上楼进了自己的房间，还专门带上了他的防盗工具。探出窗户，左右两边的街景都尽收眼底。一个人也没有，什么也没有，甚至没有一辆小汽车经过。他在床上躺下，嘴里哼哼着。抓贼按说是件叫人兴奋的事，然而这是他所过的最无聊、最空虚的一天。装病，一个上午什么都不做，让他感觉疲惫不堪。

他闭上眼睛就开始迷迷糊糊了，不能准确地说是睡着了，而是接近于打个小盹。他知道自己躺在床上，也能听到从开着的窗户传进来的外面的声音。一开始是远远走来的脚步声，越来越近。然后是刮擦、拖拉的声音，尖厉刺耳，好像金属在石头上拖，声音也变得越来越大，然后停下了。彼得睡得浅，足以让他知道真的应该努力睁开眼睛。他应该下床，关上窗户，但是他那样待着舒服，他的身子又沉又软，就像一个装了水的气球。睁开眼睛也需要力气。这时，外面又有不正常的声音，就在他的窗户下面，是种轻轻的有节奏的踏脚声音，像脚步声，但是慢一点，像是有人在爬梯子。还有急躁的费力呼吸声，声音每一刻都越来越大。

彼得清醒过来，睁开了眼睛，进入眼帘的是开着的窗

户，他能看到一架铝梯的一端搁在窗台上，还有一只手，一只又老又皱的手，接着又是一只手，在窗台上摸索。彼得缩着往枕头里扎得更深。他吓得忘了仔细想好的计划，只会看着。窗框里现出一个人的头和肩膀，脸被一条格子图案的头巾和一顶紧绷绷的黑帽挡住了。那人有一阵子保持不动，眼睛盯着屋内，但是没看到彼得。然后开始爬进房间，嘴里发出暴躁的咕哝声，嘟哝着“混账的破玩意儿”，直到进来并察看房间时才停下来，但还是没有发现彼得。彼得躺在那儿，一动不动，以至于他肯定看上去就像床罩图案的一部分。

窃贼把手伸进一个口袋，掏出一副黑色的手套很快戴上。接着，他解开头巾，把帽子掀开不再遮着脸。但根本不是“他”，彼得没能忍住，惊讶地叫了一声，窃贼直直地看着他，并没感到吃惊。

“古德纪姆太太！”彼得低声说。

她对着彼得微笑，露出了黄牙，眉毛挑起。“对，我往里面爬的时候，就看到你躺在那儿了，我还想你什么时候才会认出是我。”

“可是你上星期才被偷过……”

她看了彼得一眼，对他的愚蠢感到可怜。

“是你编的，这样就没人怀疑是你……”

她高兴地点点头。当窃贼，她好像开心很多。“哎，你是让我接着干活，之后闭上你的嘴巴呢，还是让我不得不干掉你？”

她询问这个重要的问题时，也在往房间中间走，一边到处看。“这里没多少东西，真的，不过那个我要。”

她从书架上一把拿过一个按比例缩小的埃菲尔铁塔模型，那是彼得有一次全校去玩时在巴黎买的。她把模型塞进口袋。

就在此时，彼得想起了他的计划。他从床边的桌子上拿起照相机。“古德纪姆太太？”彼得语气温和地说，她正在查看彼得的玩具，一转过身，闪光灯就在她眼前闪了一下，接着又是一闪……再一闪。第三次刚闪过，彼得就开始倒胶卷。

“嗨，相机给我，孩子，马上。”说最后两个字时，她的声音提高成尖叫，她伸出一只手，生气地摆着。

彼得取出胶卷。他把相机递给她时，身子探出床边，把那卷拍了照的胶卷滚进老鼠洞。

“孩子，你在干吗？这个相机里面没胶卷！”

“没错，”彼得说，“你的照片就在下面那儿，你永远也别想弄出来。”

古德纪姆太太蹲下来看，她的膝关节响了一声，然后她短促而急躁地喘着气站了起来。“噢，亲爱的，”她心不在焉地说，“你说得对。看样子说到底我不干掉你都不行了。”说着，她掏出一把枪，对准彼得的脑袋。

彼得紧靠着墙。“我不想让你那样做，”他说，“可是你非要那样做的话，有件事情你应该先知道，我跟你说了才算公平。”

古德纪姆太太露出黄牙齿微笑了，却仍然很严肃。“那就快点说。”

彼得很快地说：“在这座房子里，某个地方有封信，上面标着‘在我暴死时打开’。信上说在这个老鼠洞里，有窃贼的照片，他还是杀人犯。他们得用上撬棍和大锤才行，可是我肯定他们会费这番事的。”

至少过了一分钟时间，古德纪姆太太才领会所有这些信息，她一直把枪瞄准彼得的脑袋。最后她把枪放低了，但是还没有收起来。

“很聪明。”她厉声说，“可你到底还是没有盘算得很好。要是我打死你，那些照片会被发现，我就会被抓到。可是如果我不打死你，你会把照片交给警察，我还是会被

抓到。所以我不如为了好玩，还是干掉你吧，作为对你让我的生活这么难过的惩罚。”

她打开枪上的保险，很响的咔嗒一声，然后又把枪对准了彼得。彼得一边挪着下床，一边尽量把手举过头顶，这样做不容易。他真的不想被打死，他的生日再过几星期就到了，他想要一辆新自行车。

“可是古德纪姆太太，”他结结巴巴地说，“我已经考虑到了。如果你答应不再偷东西，把你拿的东西全还回去，我会想办法把照片拿出来给你。真的，我会的。”

古德纪姆太太眯起眼睛，在考虑。“嗯。不容易把东西全还回去，你也知道的。”

“你可以在半夜里走一圈，把东西放到人们的门阶上。”

古德纪姆太太把枪收了起来，彼得也放下了手。“你知道，”她用上了哄骗的口气，“我本来希望一路过去，直到街尽头。我就不能……”

“对不起，”彼得说，“现在必须停止了，这是我的建议，你不喜欢的话，那就来吧，开枪打死我。”

她转过身，好像在犹豫。有一会儿，彼得的心提到了嗓子眼儿，以为她真的会那样做，可是她掏出头巾，裹住嘴巴，还把帽子往下拉紧。她走到窗前，开始爬出去。

“你知道，过去这几个月我一直开心得不得了，现在只能回到以前，吼吼小孩子了。”

“对。”彼得和气地说，“你不会因为那样做给抓起来。”

她最后一次露出黄牙齿，向彼得微笑了一下。彼得听到她脚踩在梯级上的吱吱响声，然后是梯子拖离墙壁的刮擦声。彼得坐到床边，手抱着脑袋叹了口气，这次非常、非常的悬啊。

他还以那个姿势坐在那里时，听到楼梯上响起雷鸣般的脚步声。门哗啦一下打开了，他的爸爸冲进来，蹲在彼得身边，攥住他的手。

“谢天谢地，你没事。”托马斯·福琼上气不接下气地说。

“是啊，”彼得说，“这次非常、非常……”

“你在这儿睡着了，”他爸爸说，“这样也挺好，你什么也没听见。他偷了电视、毛毯和浴室里所有的香皂。在房侧一扇窗户的玻璃上割了个洞，拧掉了螺丝钉……”

他爸爸还在说啊说啊，彼得却盯着那个老鼠洞看。后来的几天里，他会趴在那里，几个小时地用把衣架抻直了的一段铁丝在洞里找。每次他在街上遇见古德纪姆太太时，她都装作不认识他。她一直没守诺言，没把偷的东西还回去。同时，盗窃案还是一桩接一桩，一直偷到街尽头。彼得能找到那些照片的话，她会坐牢的，所以彼得一直用那根铁丝轻轻地又晃又戳，但一直没能找到那卷胶卷，也一直没能找到他的埃菲尔铁塔模型。

# 第六章 宝宝

06

春天里的一天下午，当时厨房里洒满了阳光，彼得和凯特得知他们的姨妈劳拉跟她的宝宝肯尼思要来住一阵子，原因没讲，不过从他们父母阴沉的脸色来看，他们的姨妈并非事事如意。

“劳拉和宝宝住你的房间，凯特，”他们的妈妈说，“你得搬过去跟彼得住。”

凯特勇敢地点点头。

“你没问题吧，彼得？”他们的爸爸问道。

彼得耸耸肩，好像也没什么选择嘛。

所以就这样安排好了。事实上，彼得盼着劳拉来。她是他妈妈的众多兄弟姐妹中最小的，彼得喜欢她。她爱冒险，有意思。彼得有一次在乡间集市上看过她从一个高二百二十英尺的塔吊上跳下来，身上绑着一根弹力绳。她在空中一头栽下，就在她即将摔到草地上粉身碎骨时，唰地一下又弹回空中，她又是惊吓、又是兴高采烈地尖叫很久。

凯特搬进了彼得的房间，带来了她最新的魔法盒，这是她最新的游戏用具，还有一根魔杖和一本咒语书。她另外还带来了三十个玩具娃娃的小分队。就在同一天，一大堆宝宝用品出现在家里——一张小床，一把高脚椅，一个游戏围栏，一辆婴儿车，一辆儿童推车，一辆手推车，一个室内秋千和五个装着衣服及玩具的大袋子。彼得心里怀疑，一个小小的人儿，想必不需要这么多东西吧。凯特却是高兴坏了，就算在圣诞夜，她也从来没有表现得这么过分。

孩子们得到允许可以晚睡，好欢迎客人。已经熟睡的宝宝给抱到沙发那儿放下。凯特跪在旁边，好像是在教堂里，她盯着那个婴儿的脸，偶尔叹口气。劳拉坐在房间的另一头，手颤抖着点了根香烟。彼得一眼就能看出她没情绪找乐子或者冒险，当然，除非你把吸烟也算上。对于他们妈妈语气温和的话语和问题，她回答简单，还猛地把头往右扭，把嘴里的烟喷到墙角，那里没人坐。

接下来的几天里，他们很少看到劳拉，看到肯尼思宝宝的时候却很多。彼得对这么一个小人儿能占那么多地方感到惊奇。走廊上是婴儿车和儿童推车，游戏围栏勉强塞到了客厅里，秋千，推车，还有东一个西一个的很多玩具，而在厨房里，高脚椅挡住了路，不方便去放饼干的碗橱那边。

肯尼思自己无处不在。他是那种宝宝，爬得太好了，想学走路却是一点进步也没有。他以惊人的速度轰轰隆隆地在地毯上爬过去，像是一辆坦克。

他这个宝宝显得体态臃肿，下巴宽阔而结实，撑着一张湿湿的胖脸，眼睛明亮，目光坚定，在没能马上得到想要的东西时，鼻翼会一张一张的，就像相扑运动员那样。

肯尼思会乱抓东西。看到他能抓到也能举起的一样东西时，他又热又湿的拳头就会攥住它往嘴里送。这种习惯让人目瞪口呆。彼得正在用胶水把航模粘起来时，他试过想吃掉座舱里的飞行员。他还咬飞机翅膀，吃彼得的家庭作业，咬铅笔、尺子和书本。他爬进睡房，想用力把照相机嚼掉，那是彼得以前得到的生日礼物。

“他疯了！”彼得把相机擦干，他妈妈把肯尼思抱走，这时彼得喊叫着说，“他要是能把我们塞进嘴里，他会把

我们全吃了。”

“这只是一个阶段。”凯特见怪不怪地说，“以前我们都这样。”自从肯尼思来后，她就带上了这种无所不知的冷静口气，这开始让彼得感到恼火。这个宝宝很可怕，想必没人会否认。最糟糕的是吃饭的时候，肯尼思有本事把吃的东西搞成垃圾。他又捣又压，直到它最后像胶水一样往下滴，他还把它抹到胳膊、脸、衣服和高脚椅上。这幅景象让彼得倒胃口。他得闭着眼睛吃饭。谈话就甭想了，因为这个宝宝几乎每吃一勺饭，都会扯着嗓子叫。

这个宝宝占领了整幢房子，没有哪个墙角是他的喊叫、气味、鬣狗一般的笑声和抓东西的小手到不了的。他弄空碗橱和书架，撕碎报纸，把灯和整瓶的牛奶碰倒。好像也没人介意，事实上，每次他新干了什么坏事，每个人，包括彼得的妈妈、姨妈、妹妹和爸爸都会高兴起来，说话也轻声细语的。

有一天放学后，下午晚些时候，事情发展到了是可忍孰不可忍的程度。那是仲夏时分，但是在下雨，还冷。凯特躺在床上读书，彼得跪在地板上。当时一股弹珠热横扫学校，他是个热心的玩家。前一天，他从另外一个男孩那里赢来了他所见过的最漂亮的弹珠，一颗绿宝石弹珠。它比多数弹珠都要小，好像本身会发光。这时他就在用它玩，把它滚过地毯，对准那颗橘子酱颜色的弹珠，他总是对着那一颗练瞄准。就在绿宝石弹珠离手之际，肯尼思胖胖的光脑袋出现在门口。那颗弹珠径直滚向他，他急切地往前闯。

“肯尼思，别！”彼得喊道，可是太晚了，宝宝抓起弹珠就放进了嘴巴。彼得开始冲过去，想掰开肯尼思的下巴，接着又住手了，发生了什么事再清楚不过。那个宝宝一动不动地坐着。有一分钟，他鼓着眼睛，脸上掠过迷惑而恼火的神色，接着眨了一下眼睛，接着又眨了一下，然后看着彼得露出微笑。

“糟了，”彼得悄声说，“他咽下去了。”

“咽下去什么？”凯特说，也没从她的咒语书上抬起眼睛。

“我的绿宝石，昨天赢的那颗弹珠。”

凯特又带上了无所不知的口气。“噢，那个呀，我倒不会担心。弹珠很小很光滑，根本不会伤害他。”

彼得瞪着肯尼思，后者心满意足地坐在那儿盯着自己的手看。“我没担心他。我的弹珠怎么办？”

“不要紧，”凯特说，“会从另一头出来。”

彼得打了个冷战。“非常感谢。”

凯特合上咒语书，俯下身子逗肯尼思。他哈哈大笑，爬向凯特的床。凯特把他拉到床上，让他跟她在床上并排坐。“你知道我是怎么想的吗？”

彼得什么也没说，他知道凯特会告诉他。

“我看你是嫉妒肯尼思。”

他妹妹可真是烦人啊。“说得真蠢！”彼得说，“我从来没听过这么蠢的话。我怎么会嫉妒那个玩意儿？”他瞪着那个宝宝，宝宝心思简单地也瞪着彼得，还晃动着大脑袋。

“他不是玩意儿，”凯特说，“他是个人。反正简单啊，现在大家注意的只是他，而不是你。”

彼得怀疑地看着他。“这不是你自己想出来的。谁说的？”

他妹妹耸耸肩。“反正是真的。你不再是这座房子里最小的男孩了，所以你才对他这么差劲。”

“我对他差劲？是他吃了我的弹珠，他是个疯子，是个讨厌鬼，是个怪物！”

凯特的脸都气红了。她站起身，把肯尼思放到地上。“他是个可爱的小玩意儿，而你很要命，该让人来教训教训你了。”她啪的一声合上书，三步两步离开了房间，宝宝呼呼隆隆地跟在她身后。

过了半小时，彼得溜达到楼下。凯特窝在客厅里的一把扶手椅上，那本书摊开放在她的大腿上。肯尼思在地板上，在一张纸一张纸地嚼一份旧杂志，暂时安静了。

彼得坐在客厅里远远另一头的一张椅子上。他想接着吵架，想知道凯特是从哪儿得来的荒唐想法，但是他弄不准怎么开始。他妹妹在皱着眉头看书，在把玩附送的黑色魔杖。肯尼思终于注意到彼得，开始向他爬过来。这个宝宝扶着彼得的腿把自己拉得站直了，直到他在这位大一点的男孩双膝间不稳当地站着。

彼得的眼光越过宝宝的头顶盯着妹妹看。她眼也没抬，还在生他的气。那套魔法用具不如说无非是玩具而已。他又低头看肯尼思，宝宝在死盯着他的眼睛看，皱着眉头，好像在脑子里搜寻什么，关于前世的一种记忆，一条失去的线索。

“嘎啊啊。”肯尼思声音不大地说。

“嘎啊啊。”凯特在客厅那头也说了一遍。她用魔杖指着彼得。

“嘎啊啊，嘎啊啊。”肯尼思又说了一遍。

“嘎啊啊，嘎啊啊。”凯特模仿道，还在空中画了个圈。客厅里开始变亮，地板和天花板掉了个儿，而且客厅变得越来越大，直到它就像宫殿里的一个巨大的房间。

彼得站着，努力想保持平衡，身子却在摇晃。他抱住一根柱子，可柱子是活的，还有温度。那是一条腿，一条巨型的腿。彼得抬起他沉重而摇摇晃晃的脑袋，努力把不易控制的目光导向腿的主人。他瞥到一张脸，但是又从他视野里溜走了。他把自己硕大的脑袋往后仰，再次看到了那张脸，那是巨型版本的自己，身穿校服，在带着不加掩饰的厌恶看他。彼得麻木地看自己的穿着——一件可笑的

连体衣，上面有泰迪熊图案，前面往下给橘子汁和巧克力弄脏了。可怕，可怕！他跟肯尼思换了身子。

彼得吃惊之下松开那条腿，跌坐到地上。

“啊呀！”他听到一个银铃般的声音替他说。

这真可怕，不公平，能吓坏人。他就要哭了，但是又记得不是很清楚是什么让他不高兴。他的注意力半是游移、半是飘浮地从一件事转到另一件事。

“谁来帮帮我！”他嚷道，“谁来管一管！”但是从他唇间出来的，只是一连串笨拙的“师”的声音，他无法随心所欲地使用舌头，而且好像他只有一颗牙。

他脸上的泪水哗哗流淌，他正在吸足气，好把他的难过都大哭出来，这时，有种很有力的东西夹住他腋下，他一下子冲上五十英尺高的空中。他张着嘴巴，也惊讶地发现自己在流口水。他在盯着劳拉姨妈的脸看，那就像悬崖一样陡峭，一样庞大。她看样子像是山上雕出的那几位美国总统之一。

她的声音本来像交响乐一样洪亮而悦耳，这时在彼得的头边响如雷鸣。“五点钟了。下午茶时间，洗澡时间，睡觉！”

“把我放下，劳拉姨妈。是我呀，彼得。”

他说出来的却是：“啊，啊咕呜啊马马。”

“对了，”她鼓励道，“下午茶，洗澡和睡觉。你听见他说话了吗？”她跟远远的谁说话，“他在攒劲儿说话。”

彼得开始又踢又挣。“把我放下！”但是此时，他正以可怕的速度飞过房间，他肯定会在窗户框上撞得粉身碎骨。“呀！”他尖叫道。但在最后一刻，他们改变了方向，他被很快带到了厨房那边，搁在高脚椅上。

下午的阳光从院子里的几棵树间洒下，在墙上投下游移的图案，漂亮得让彼得把别的全忘了。

他手指着喊道：“啊！”

劳拉姨妈一边给彼得围上围嘴，一边自娱自乐地轻声哼唱。嗯，至少这会儿他不害怕会掉到地上了，他就能告诉她，自己是一种残忍的魔法的受害者。所以，他用自己最讲道理的口气说："嘤嘤因。"要不是一勺煮鸡蛋突然堵住了他的嘴巴，他还能说得更多。那种滋味、气味、颜色、质地和咯吱咯吱响的声音淹没了他的感觉，打乱了他的思路。鸡蛋本身在他嘴巴里炸开了，白色和黄色的感觉喷涌往上直冲过他的大脑。他想用手指着劳拉拿的碗，他的整个身体都在左右摇晃，他一定要再吃点。

"啊，"他含了一嘴东西还在叫，手也在甩着。"啊，啊，啊！"

"对了，"他的姨妈哄他说，"你喜欢吃鸡蛋。"

吃完鸡蛋之前，彼得别的什么都想不到。吃完后，还没来得及想到他原先想说什么，一大杯橘子水以它刺激、浓烈、杂陈的味道分散了他的注意力。然后是香蕉泥到了他嘴边，这种食物好吃得让他自豪地抹到了头发、手、脸和胸口上。

最后，他歪靠在椅子一侧，饱得几乎眼睛都没法眨，可是他知道得说出来。这次他说得慢吞吞的，用舌尖抵着他仅有的一颗牙齿。

“劳拉姨妈，”他耐心地说，“我可真的不是你的宝宝，我是彼得，是凯特她……”

“对了，”劳拉也表示同意，“啊咕啊咕挺好的。你看你的样子。从头到脚，都是鸡蛋和香蕉。该洗澡了！”

这时彼得是让劳拉姨妈抱着飞上楼梯。在楼梯平台处，他们跟凯特打了个照面。

“哇！”他对着凯特喊，“哇哇！”

“咕伊！”她回应道，手里举着魔杖。

几分钟后，他坐在一个小游泳池般大小的浴缸里，细浪轻拍他的胸部周围。他知道他应该跟姨妈说话，然而一时间，他更感兴趣的是张开巴掌击打水面。每次水花四溅都多么复杂和独特啊，水滴飞到空中散开又跌落下来，形成图案和涟漪。真精彩，太好玩了。

“哇，你看。”他不觉在嚷，“咦因啊！”他激动得手脚都直直地猛地一伸，身子往后翻。劳拉姨妈用手掌托在他脑后，轻轻拦住了他。

彼得一惊而冷静下来，想起来他必须让她知道他是谁。“啊哇吧……”他正要说，却突然从水里往上猛地一冲，就像从潜艇发射的一枚导弹，然后降落在一个像后院那么大的白毛巾上。

他给擦干了，扑了爽身粉，包上尿布，穿上睡衣并系上扣子，抱进睡房放在肯尼思的小床上。劳拉姨妈唱了一首活泼轻快而有趣的歌曲，关于一只黑绵羊给他认识的人留了几袋羊毛的事。

“再来！”他嚷道，“昂嘎！”

她就又唱了一遍，然后她吻了他，把小床的一边撑起来，悄悄离开了房间。

要不是那首歌让他那么高兴，那么瞌睡，彼得本来会惊慌的。为时尚早，黄昏时的阳光在拉上的窗帘上轻轻移动，窗帘神秘地动着。鸟儿在啼唱难度极高的歌曲，彼得聚精会神地听着。他该怎么办？要是劳拉回家把他也带走了怎么办？他想坐起来考虑，可是太累了，无法从床垫上抬起他硕大的脑袋。

他听到门开了，有脚步走过房间。栅栏间出现了凯特的脸，她得意地微笑着。

“凯特，”他口齿不清地说，“把我抱出来。去拿魔杖来。”

她摇摇头。“你活该。”

“我得做作业。”彼得恳求道。

“肯尼思在替你做。”

“他会搞乱套的。求你了，凯特。我的弹珠全给你，你要什么都行。”

她微笑了。“你这样子乖多了嘛。”

她从栅栏间伸手进来挠他的肚子，他想不笑，却根本忍不住。

“晚安啦，胖宝宝。”她悄声说，然后就走了。

第二天早上，彼得醒来后头晕眼花，那一觉好像睡了半年之久。他被抱到楼下，进了厨房。他坐在高脚椅上，睡眼蒙眬地看着他的一家人。

他们招手，还高兴地大声说：“早上好，肯尼思。”

“喔。”他不满地回应道，“喔噢，我不是肯尼思，我是彼得。”

好像大家都对他的回答感到满意。就在那时，他意识到餐桌远端有个男孩，那是肯尼思，钻在彼得的身体里，身穿彼得的校服，他瞪着彼得的眼神带着如此深的厌恶，在空中漾起黑色的波纹。

那个男孩望向别处，把盘子推开，起身离开了厨房。彼得因为被排斥而感到震惊，马上哭起来。

“噢，怎么了？”厨房里的大家异口同声地说。

“他不喜欢我。”彼得一边哭一边想告诉他们，“这让我感觉很糟糕。啊哇叭啦吗哇！”

他的眼泪给擦去了，肯尼思和凯特去上学，他的父母赶着去上班，半小时后，他新换了睡衣，为这一天穿着停当。彼得发现自己坐在客厅的地板上，关在游戏围栏里，劳拉在楼上忙。

现在他终于可以计划一下怎样逃跑了。凯特的魔杖就在家里的某个地方， 要是他能在自己的头顶挥一下就好了。

彼得用胖而无力的双手抓着游戏围栏的栅栏，总算拉着自己站直了。栅栏比他的头顶还要高几英寸。没有脚踩的地方，他也没有壮得能够翻过去。他坐下了，只能让别人抱出去。他得让劳拉下来。

他正要大声叫她，脚边有块鲜黄色的砖状物体吸引了他的注意。黄色，黄色，黄色，它大声唱着。它振动，发光，哼曲子。彼得一定要拿到它。他向前扑去，用手攥住了它，可是他并不能真正感觉到它，反正不够。他把它拿到嘴巴边，他用自己敏感的嘴唇、牙龈和牙齿探索了它的木头、油漆、黄色和四方的形状，直到他全都理解了。

然后他看到一个红色的塑料锤子，红得他脸上能感受到它颜色中的热量。他用嘴巴、舌头和口水，在它的边边角角缝缝之间游走一遍。

十分钟后，劳拉姨妈正是发现他在这样做，在心满意足地咀嚼一个玩具袋鼠的脚。

这天是在衔接模糊的种种乐趣、吃饭和午睡中度过的。偶尔，彼得想起他应该去找那根魔杖，随后他的思想会陷在食物的无比美味中，食物如此之好，让他想把整个身体都沉入其中；要么他会听到一些歌曲而兴奋，这些歌里有些奇怪的想法，需要他全神贯注——住在鞋子里的一个女人，一头跃过月亮的奶牛，井里的一只猫；要么，他又会看到需要去舔个遍的什么东西。

下午晚些时候，劳拉姨妈在他午睡之后把他抱到楼下，把他放在地板上，这次不在游戏围栏里。彼得睡了一觉后精神很好，决定重新开始。魔杖很可能在厨房里。他正在往门口爬，又注意到他左边有一双脚，脚上穿着熟悉的鞋子——他的鞋。他的目光顺着那两条腿往上看，看到一张男孩的脸，那个男孩坐在扶手椅上，皱着眉头。

这一次，彼得压下自己的恐惧，他知道应付这个问题只有一个办法。他爬向那两条腿，把自己拉得站了起来。他还在因为用了力而喘气时，就直接跟肯尼思说了。

“喂，你别再那样看着我了，你没理由不喜欢我。我一点问题都没有，我真的挺好……”

就在他说着这些话时，客厅里开始发亮、旋转并缩小。突然，彼得发现自己坐在那张椅子上，肯尼思宝宝站在他的两膝之间，想跟他说什么话。

彼得抱起这个宝宝，把他放到自己的大腿上。肯尼思小心翼翼地伸出手，按了一下彼得的鼻头。

“啪！”彼得大声说。

宝宝的手一下子缩了回去，脸上暂时慌了一下，惊慌又化成微笑，然后是哈哈大笑。就算彼得说了全宇宙最聪明、最好玩、最笨的笑话，也不会让谁比肯尼思这会儿笑得更厉害。

彼得的目光越过宝宝的头顶，看坐在客厅里另一头的凯特。“我并不真的觉得他是个怪物。事实上，你知道，我很喜欢他。”

凯特什么都没说。她不相信他的话。

“嗯。”凯特说。她放下魔杖。“你要是真的这样想，就会跟我一起用婴儿车推着他去公园。”这样的挑战，凯特有把握彼得不会接受。

“好啊！”彼得说。让他妹妹感到惊讶的是，彼得抱着宝宝就站起来了。“咱们去吧，他能看到一些很开眼的东西。”

凯特也站了起来。“彼得，你这是怎么啦？”可是她哥哥没听到她的话。他一边把肯尼思抱到走廊上，一边大声唱起歌来：“咩，咩，黑绵羊，你还有羊毛吗……”

# 第七章 成年人

07

每年八月，福琼家都会在康沃尔郡海滨租一幢小小的渔民小屋，无论谁看到这个地方，都会认可这儿有点像是天堂。迈出前门就走进了一个果园，再过去是一条小小的溪流——几乎不比一条沟宽多少，不过垒坝蓄水还是可以的。再过去，在一带灌木丛的后边，有一条废弃的火车轨道，以前用来把一个本地锡矿的矿石拉出去。走上半英里，有一条用木板钉上的隧道，小孩子禁止进入。小屋后面是一个几平方码的灌木丛生的后院，紧接着的，就是一个宽阔的马蹄形海湾，海湾边上是一圈黄色的细沙。海湾的一头有几个洞穴，刚好又深又黑得能吓住人。低潮时，会有一些潮间池。海湾后面的停车场上，从早到晚都有一辆卖冰淇淋的小货车。沿着海湾有一溜房子，五座，别的家庭——福琼夫妇都认识而且喜欢的——也是八月份来住。十好几个年龄从两岁到十四岁的小孩子，成了个头参差不齐的一伙，他们一起玩，人称海滩帮，至少他们是这样自称的。

远比其他时候更惬意的是黄昏，当时太阳落进了大西洋，几家人聚在一家的后院开烧烤会。吃过后，大人们太满足于喝酒和没完没了地讲故事，以至于没叫孩子们去睡觉。这种时候，海滩帮会在薄暮的静谧中游荡，回到他们白天喜欢去的所有那些地方，只是现在有了夜色的神秘、奇怪的阴影、脚下正在变凉的沙子，还有他们玩游戏时，觉得自己是在借来的时间玩耍的美妙感觉。睡觉时间早就过了，孩子们知道大人们迟早会从谈话中抽身，他们的名字会在夜风中响起——查理！哈丽雅特！托比！凯特！彼得！

有时，孩子们到了海滩上远远的那一头，大人们的喊叫传不到那么远，就会让格温德林来，她是海滩帮中其中三兄妹的姐姐，因为她家小屋的房间不够，当时住在福琼家，住彼得隔壁的房间。她似乎很伤感，沉浸在自己的心事中。她是个大人——有谁说她有十九岁那么大了——她一天到晚跟大人们坐在一起，但是她不加入他们的聊天。她是个医学生，当时正在准备参加一次重要的考试。彼得很多时候都会想到她，不过他说不准是为什么。她有一双绿色的眼睛，头发是很深的姜黄色，以至于几乎可以说是橙色的。她有时候眼也不眨地久久盯着彼得看，可是很少跟他说话。

她来叫那些小孩子时，慢腾腾地溜达着走过海滩，打着赤脚，穿着破旧的短裤，一直走到他们那儿才抬起头看。她说话声音不高，伤感，很好听：“都回来吧你们。睡觉！”然后也不等听到他们的抗议或者再说一遍，转身就走，在沙里拖着脚步走。她很伤感，是不是因为她是个成年人，并不是很喜欢那样？说不清楚。

在他十二岁那年去康沃尔郡度夏时，彼得开始注意到孩子的世界和成年人的有多么不同。你不能认定说当父母的从来不会过得开心。他们去游泳——可是从来不超过二十分钟。他们喜欢打排球，可是只能打半小时左右。偶尔能劝动他们玩捉迷藏或者说绕口令，或者用沙子堆一座巨型城堡，可那只是特殊时候。事实上，所有成年人有了半点机会，都会选择沉浸到海滩上的三种活动之一：坐到一起聊天，读书看报或者打盹。他们唯一的锻炼（要是你能这样称呼的话）就是漫长而无聊的散步，这种散步无非是又有借口可以聊天聊得更久。在海滩上，他们经常扫一眼他们的手表，离有人肚子饿还很久呢，他们就开始互相告诉已经到时间，该考虑午餐或者晚餐了。

他们为自己找些跑腿的事情做——去找住在半英里外那个打零工的，或者去村里的修车房，或者不辞遥远地去附近的镇上购物。他们回来后抱怨假期时的车流，可是当然，他们就是假期时的车流。这些心神不安的成年人老是往路尽头的电话亭跑，打电话给他们的亲戚，或者工作的地方，或者他们长大的孩子。彼得注意到大多数成年人没法高兴地开始新的一天，除非他们开车去找到一份报纸——正确的报纸。有的人一天不抽烟就不行，还有人得有啤酒喝，还有人没咖啡喝也不成，有些人读报纸时非得吸烟并且喝咖啡。大人总是打响指、抱怨，因为有人从镇上回来，忘了买什么东西；总是还需要一样东西，也答应了第二天去买——另外一把折叠椅，洗发水，大蒜，太阳镜，衣服夹子——好像除非这些东西全备齐了，否则就没法开心度假，甚至没法开始度假。另一方面，格温德林跟他们不一样，她只是整天坐在椅子上读一本书。

彼得和他的朋友们则从来不知道当天是星期几、当时是几点钟。他们在海滩上来来回回地跑，追赶，躲藏，打仗，进攻，玩海盗或者外星人的游戏。在沙滩上，他们建水坝，开运河，建堡垒，还弄了个水生动物园，他们往里面放了螃蟹和虾。彼得和别的大一点的孩子编故事，却说是真的，来吓唬小一点的孩子：有触手的海怪，从海浪中爬出，捉住小孩的脚踝，把他们拖进深水。要么有一个长着海草般头发的疯子住在洞穴里，把小孩变成龙虾。彼得编这些故事很用心，以至于他发现自己也不愿意一个人去那个洞穴。他游泳时，一缕海草扫到他的脚，让他打了个冷战。

有时，海滩帮溜达到内陆上，去果园里，他们在那里建了个营地。要么他们沿着旧火车轨道跑，跑到禁止入内的隧道那里。木板中间有个口子，他们互相叫阵，看对方敢不敢挤进去，到一片漆黑之中。水滴下来，带着令人毛骨悚然的吧嗒吧嗒响的回音。还有急跑的声音，他们觉得可能是老鼠。还总是有潮湿的带着黑灰的微风，有个大一点的女孩子说那是女巫的气息，谁都不信，可是谁都不敢走几步后还往里走。

这些夏天的日子开始得早，结束得晚。有时，彼得在准备睡觉时，他会想要回忆起这一天是怎么开始的。上午的事情好像发生在几个星期以前。有时，他还在苦苦回忆那天是怎么开始时，就已经进入梦乡。

有天晚饭后的晚上，彼得跟别的男孩中一个叫亨利的吵架了，是为了一块巧克力，可是吵架很快就发展成一场骂战。不知道为什么，所有别的小孩——当然除了凯特——都站在亨利那边。彼得把巧克力摔到沙里就自个儿走了。凯特回家找橡皮膏贴她脚上的一处伤口。这群人剩下的都沿着海岸游荡着走远了。彼得转身看他们走，听到了笑声，也许他们在议论他。那群人越走越远，看不清一个个的人，只能看到模糊的一团，往这边动一动，那边扩开一点。更有可能的是，他们已经完全忘了他，正在玩一种新游戏。

彼得依然背对大海站在那儿，一阵突如其来的凉风让他哆嗦了一下。他往小屋那边看去，勉强能听到大人聊天的嘀咕、开葡萄酒瓶塞的声音和一个女的银铃般的笑声，也许是他妈妈。那个八月的黄昏，彼得位于两群人中间，大海在轻轻拍打他的光脚，他突然明白了一样很明显也很可怕的事：有一天，他会离开在海滩上来回疯跑的那群人，加入到那边坐着聊天的人中间。他会关心不同的东西：关于工作，金钱和税收，支票簿，钥匙和咖啡，还有聊天，坐着，没完没了地坐着。

那天夜晚他上床睡觉时，这些念头还在他心里，准确地说，这不能算是开心的念头。想到要坐下来聊天过一辈子，他又怎么开心得起来？要么是跑跑腿，上班，从来不玩耍，从来不会真正开心。有一天，他会变成一个完全不同的人。这会发生得很慢，他根本不会注意到。等到真正发生时，那个机灵爱玩的十一岁的自己会像如今他眼里的大人一样遥远，一样古怪和难以理解。带着这些伤感的想法，他不知不觉睡着了。

第二天早上，彼得·福琼从纷纷扰扰的梦中醒来，发现自己变成了一个巨人，一个大人。他想动动胳膊和腿，但是感觉沉重，一天里这么早的时候，这种力气他使不出来。所以他一动不动地躺着，听窗外鸟叫的声音，周围看了一圈。他的房间基本上跟原来一样，可是看着的确比原来小很多。他嘴巴发干，头疼，还感觉有点头晕。他眨眼也感到疼。他意识到前一天晚上他喝了太多葡萄酒，也许他也吃得太多，因为他感到腹胀。他话也说得太多，因为喉咙疼。

他呻吟着翻身仰面躺着。他用了很大力气，总算抬起了胳膊，把手举到脸那儿，好揉揉眼睛。他碰到的下巴那一溜的皮肤像砂纸一样，发出刺耳的声音。在做别的事之前，他得起床刮脸。他得行动了，因为有事情要干，差事要跑，工作要做。可是在他挪动身子之前，看到自己的手，让他吃了一惊，上面长了一层浓密的黑色卷毛！他看着这个长着香肠般手指的又胖又大的玩意儿，哈哈笑起来。就连指关节上也冒出了汗毛。他越看它——特别在攥紧拳头时——它越像是个厕所刷。

他坐直了身子，坐在床边。他赤身裸体，身子结实，骨骼突出，浑身上下都是汗毛，胳膊和腿上长了新的肌肉。等他最后站起来时，撞到了阁楼房间里那根低矮的梁，几乎撞破脑袋。“真是要……”他张口说话，但是被自己的说话声音吓了一大跳，那听着好像割草机和雾号兼而有之的声音。我得刷牙，漱漱口，他想。他走过房间去洗手盆那里时，地板在他的重量之下吱嘎作响。他的膝关节感觉粗了点，也更僵硬了。他走到洗手盆前，在镜子里仔细察看自己的脸庞时，他得抓紧洗手盆。那张脸带了一层黑色的胡茬，就像一只猿猴，也在瞪着看他。

对于刮脸这件事，他发现自己完全知道该怎么做，他看他爸爸刮脸看得够多的了。刮完脸，那张脸看着稍微更像他自己的脸了。事实上，要好看很多，不像他十一岁的脸那样胖乎乎的，有了一个骄傲的下巴，眼神大胆。很帅嘛，他心想。

他穿上放在一张椅子上的衣服，然后就下楼了。他想，大家看到我一夜之间长大十岁，长高一英尺，他们会大吃一惊的。但是三个大人懒散地坐在早餐桌前，其中只有格温德林抬头用明亮的绿色眼睛看了他一眼，很快又望向别处。他的爸妈只是咕哝了一句早上好，就接着读他们的报纸。彼得感觉胃里怪怪的。他给自己倒了杯咖啡，拿起折好放在他盘子边的报纸，扫了一眼头版。罢工，有关军火的丑闻，还有几个重要国家首脑的会议。他发现自己知道所有总统和大臣的名字，而且知道他们的故事和目标。他的胃还是感觉不对劲儿。他喝了一小口咖啡，味道很糟糕，就好像把烧焦了的硬纸板磨成粉，然后在洗澡水里煮的。但他还是继续小口小口地喝，因为他不想让谁觉得他事实上只有十一岁。

彼得吃完烤面包片站了起来。通过窗户，他能看到海滩帮在沿着海岸线向那个洞穴跑去。一大早的，真是浪费能量！

“我要给实验室打个电话。”彼得郑重其事地对全屋人宣布道，“然后我要去走一走。”还有什么比散步更乏味、更有成年人风格呢？他爸爸哼了一声，他妈妈说："好吧。"格温德林盯着自己的盘子。

在走廊上，他打电话给伦敦实验室里他的助手。每个发明家都至少配有一个助手。

"反重力机器怎么样了？"彼得问道，"你拿到最新图纸了吗？"

"你的图纸让一切都清楚了。"助手说，"我们按照你建议的做了更改，然后我们把机器通了五秒钟电。室内的一切就像你说的，开始飘起来。我们再试之前，得用螺丝钉把桌椅都固定在地板上。"

"在我休假回去之前，你别再试了，"彼得说，"我想亲眼看到。我周末开车回去。"

讲完电话后，他出门进了果园，站在小溪边。这一天阳光明媚，水在人行木桥下面流淌着，水声悦耳，彼得对自己的发明感到兴奋，可是不知为何，他不想远离这座房子。他听到身后有声音，他转过身。格温德林站在门口，在看着他。彼得再次感到腹胀，这是种发冷、跌落的感觉，他的膝部那里感到有点发软。前门边有个年代久远的雨水桶，格温德林的胳膊放在桶沿上。早晨的阳光被苹果树上的叶子切碎，在她的肩膀和秀发上晃荡。彼得长到二十一岁，从来没见过这么，嗯，完美，甜美，灿烂，漂亮……没有什么好词能描述出他所看到的。她的绿色眼睛与他的久久对视。

“这么说你要去散步啊？”她语气轻松地说。

彼得几乎不敢让自己开口说话。他清清嗓子：“是啊。想一起吗？”

他们穿过果园，向着那条垫高的煤渣路走去，那是以前的火车轨道。他们也没有固定聊什么——关于假期，天气，报纸上的报道——任何事，只要能避开谈论他们自己。他们一起散步时，她把她光滑的、凉凉的手放在他手里。

彼得真的想到过他也许会飘到树梢。他听说过男孩和女孩、男人和女人陷入爱河，感觉疯狂，但是他一直觉得人们是夸大其辞了。说到底，你真能爱一个人爱到什么程度？在电影里，他们总会放进去这些玩意儿，男女主人公会专门占些时间，变得黏黏乎乎的，互相凝视。在彼得眼里，亲吻总是浪费时间的可笑破事儿，无非是一次几分钟拖住情节发展。现在你看他，只是碰到格温德林的手，就让他融化掉了，他想叫，开怀大笑。

他们走到了隧道那里，也没停下来说什么，他们就从木板的缝隙跨进去，跨进有烟雾的冷冷黑暗中。他们互相紧紧抓着又往里走，踩到水泊时笑得格格响。那条隧道不是很长，他们已经能看到另一头了，像颗紫色的星星一样闪着光。走了一半他们停下来。他们站得很近，胳膊和脸因为太阳晒而仍然发热。他们站得很近，听着动物快速跑过和水吧嗒吧嗒滴到水泊里的声音，他们接吻了。彼得知

道在他幸福童年里的那么多年，甚至在最棒的时候，比如在一个夏天的黄昏跟海滩帮一起在外面玩，他也从来不曾做过比这更好的事，也就是在火车隧道里亲吻格温德林这样如此令人激动和奇特的事。

他们向着光亮那边走去时，她跟他说了有一天，她会怎样当医生兼科学家，会研究治愈致命病症的方法。他们眯着眼睛走进阳光下，在树下找了块地方，那里有蓝色的花朵长在弯曲的柔茎上。他们仰面躺着，闭着眼睛，肩并肩，在深深的草丛中间，周围是低鸣的昆虫。他跟她说了自己的发明：反重力机器。他们很快就可以一起动身，坐上他那辆绿色两座跑车，开过康沃尔和德文郡狭窄的道路到伦敦。他们会在半路的某间餐馆停一下，点巧克力奶油冻和冰淇淋，还有桶装的柠檬水。他们在半夜时分到达大楼外面，坐电梯上去，他会打开实验室的门，给她看上面有仪表和发着温暖光亮的指示灯。他会打开电源，他们会和桌椅一起，在空中轻轻碰撞、翻滚……

他肯定是跟她这样说着说着，就在草丛里睡着了，他昏昏欲睡地想，巧克力奶油冻，午夜，想多晚睡就多晚睡，还有格温德林……就在这时，他意识到他盯着看的不是天空，而是他睡房里的天花板。他下了床，走到他那扇俯瞰海滩的窗前。他能看到海滩帮在很远处。已经退潮了，潮间池在等着。他穿上短裤和T恤衫，匆忙到了楼下。起来晚了，大家早就吃过早饭。他咕嘟咕嘟灌下一杯橘子水，拿了块小面包就跑到外面，跑过小小的后院到了海滩上。脚下的沙子已经变热，他的爸妈和他们的朋友已经安顿好，撑起阳伞，摆了沙滩椅，带来了书本。

他妈妈向他挥手："睡得香啊，你就需要这样。"

他的朋友们看到他了，在喊："彼得，彼得，过来看！"

他兴奋地开始向他们跑去，他跑了肯定有一半路时停下了，转身又看了那些成年人一眼。在阳伞的荫凉下，他们身子往前凑，在说话。彼得对他们的感觉改变了。有些事情他们是了解和喜欢的，而对他来说，只是正在显现出来，就像雾霭中现出的形状。毕竟以后他还要去经历一些冒险。

跟平时一样，格温德林拿着书和纸，没跟他们坐在一起，她在学习备考。她看到了他，抬起了手。她只是扶了一下眼镜，还是在挥手？他永远也不会知道。

他转过身面朝大海，它熠熠闪光，直到宽阔的地平线那里。它在他面前展开，广袤，神秘莫测。一道又一道海浪翻滚着、哗哗响着拍击海岸，在彼得眼里，它们就像他生命中将会产生的念头和幻想。

他又听到在叫他。他妹妹凯特在湿湿的沙地上跳舞、跳跃。“我们找到了宝藏，彼得！”在她后面，哈丽雅特一条腿站着，手放在臀部，正在用她的大脚趾画一个大圆。

托比、查理和那些小孩儿正在推搡着，轮流从一块石头上往一个海水坑里跳。在这些人类活动的背后，大海上下来回晃动，叠起，滑动，因为没有什么能保持静止，人不会，水不会，时间也不会。

“宝藏！”凯特又在叫。

“我来了，”彼得喊道，“我来了！”他开始向水边冲去。他掠过沙滩之时，感觉动作敏捷，身轻如燕。我要飞起来了，他想。他是在做白日梦，还是在飞?

**图书在版编目（CIP）数据**

梦想家彼得 /（英）麦克尤恩（McEwan,I.）著；
孙仲旭译．-- 上海：上海译文出版社，2017.6（2019.1 重印）
（夏洛书屋·第五辑）
书名原文：The Daydreamer
ISBN 978-7-5327-7443-2

Ⅰ．①梦… Ⅱ．①麦… ②孙… Ⅲ．①长篇小说－
英国－现代 Ⅳ．①I561.45

中国版本图书馆 CIP 数据核字（2017）第 019949 号

**Ian McEwan**
**THE DAYDREAMER**



图字：09-2013-934 号

**梦想家彼得**
THE DAYDREAMER

Ian McEwan
[英] 伊恩·麦克尤恩 著
孙仲旭 译

责任编辑 赵平　封面题字 LISK
内文插图 [英] 安东尼·布朗 [中] 嘉树
装帧设计 柴昊洲　版式设计 申祁颉工作室

上海译文出版社有限公司出版、发行
网址：www.yiwen.com.cn
200001 上海福建中路 193 号 www.ewen.co
上海盛通时代印刷有限公司印刷

开本 890×1240 1/32 印张 6 插页 4 字数 48,000
2017 年 6 月第 1 版 2019 年 1 月第 2 次印刷

ISBN 978-7-5327-7443-2/I·4539
定价：46.00 元

# 夏洛书屋

## 第一辑

1 夏洛的网
2 精灵鼠小弟
3 吹小号的天鹅
4 小王子
5 铁路边的孩子们
6 想做好孩子
7 闯祸的快乐少年
8 鹅妈妈的故事
9 柳林风声
10 吹牛大王历险记

## 第二辑

11 爱丽斯漫游奇境
12 快乐王子
13 恰佩克童话
14 秘密花园
15 金银岛
16 木偶奇遇记
17 小鹿班比
18 银河铁道之夜
19 捣蛋鬼日记
20 小野人和长毛象

## 第三辑

21 夜鸟
22 总有一天会长大
23 巫师的斗篷
24 穆尔克国的故事
25 猫女咪妮
26 列那狐的故事
27 绿野仙踪
28 彼得·潘
29 德鲁伊和魔蜂
30 西顿动物记

## 第四辑

31 比波王子
32 美丽谷街奇妙事
33 圣诞故事
34 智慧童话
35 魔女莫蒂
36 北风的背后
37 四个孩子和一个护身符
38 五个孩子和凤凰与魔毯
39 魔堡
40 伊索寓言

## 第五辑

41 北风遗忘的手绢
42 露露一定有办法
43 梦想家彼得
44 昆虫记
45 安徒生童话
46 八十天环游地球
47 老人与海
48 兔子坡
49 本和我
50 莎士比亚故事集